Volker Braun

HINZE-KUNZE-ROMAN

1990

Reclam-Verlag Leipzig

Mit einer schöngeistigen Lesehilfe von Dieter Schlenstedt im Anhang

ISBN 3-379-00638-6

Lizenzausgabe des Reclam-Verlages Leipzig für die DDR und die anderen sozialistischen Länder mit freundlicher Genehmigung des Mitteldeutschen Verlages Halle – Leipzig
Text nach: Volker Braun, Hinze-Kunze-Roman, Mitteldeutscher Verlag, Halle – Leipzig 1985

Reclam-Bibliothek Band 1372
1. Auflage
Reihengestaltung: Lothar Reher
Lizenz Nr. 363. 340/124/90 · LSV 7001 · Vbg. 9,0
Printed in the German Democratic Republic
Grafischer Großbetrieb Völkerfreundschaft Dresden
Gesetzt aus Garamond-Antiqua
Bestellnummer: 6615393
DDR 3,– M

– Hinze und Kunze – sie sind also ein Paar. Aber ein ungleiches.
– Ja, darauf legen sie Wert.
– Nach dem Sprichwort und dem Sozialismus sollten sie gleiche sein.
– Ja, nach – und nach.
– Sie machen uns nichts vor ...
– Das ist kein belletristischer Roman.
– Was hält sie aber zusammen?
– Ich beschreibe es: ich begreife es nicht –
– Sind sie Herr und Knecht?
– O nein, das wollen sie nicht sein. Das darf nicht sein ...
– Das ist das Neue, wie. Sie drängen sich in ihre Rollen, liebend gern.
– Das ist das Erotische an ihrem Verhältnis.
– Willst du dich über sie lustig machen?
– Ich doch nicht ... Die reiten durch die preußische Prärie. Sie halten sich am Stricke. Ich faß mit zu ... ich bin auch Herr und Knecht. – Ich wollte es lustig machen.
– In der leichtesten Weise unserer Existenz, der Kunst.
– Die leichteste? sie hat auch ihre Schwierigkeit, sie reitet eigne Wege. Sie folgt dem Leben nicht direkt; man muß um die Ecke lesen.
– Um die Ecken und Kanten, Hinze redet –
– Er redet was Redliches, ja ...
– Wer nimmt dir das ab?
– Bei dem Bemühen um exportfreundliche Produkte ... Aber ich bin nicht auf der Linie. *Den* Spaß kaufen nur Kommunisten ab.
– Apropos: was ist mit Kunze los? Sucht er seinen Spaß? Ist er ein Schwein? Oder ist er krank?
– Ja, was sucht er bei den Frauen? Es ist eine Sucht, eine Sehnsucht, eine Gier ... die der Dienst nicht stillt. Und doch ist es das beste Gefühl – oder für mich, als ich schrieb. Oder habe ich dieselbe Krankheit ... Was suche ich denn? Was ist los mit mir?
– Hier müssen wir ...
– Ja was?
– Hier müssen wir abbrechen.
– Nein, müssen, was. Sprich weiter, ich bin im Text.

Was hielt sie zusammen? Wie hielten sie es miteinander aus? Ich begreife es nicht, ich beschreibe es. Und immer der eine mit dem andern, und der andre machte mit? So verhielt es sich, was weiß ich; verflixt und zusammengenäht. Wenn man sie fragte, antwortete der eine für den andern und der andere mit:
Im gesellschaftlichen Interesse.
Aha, natürlich,
erwidere ich: das Ding, um dessentwillen ich schreibe.

Beginnen wir: der schwarze Tatra stand vor dem nackten Block in der Mauerstraße oder am Marxengelsplatz oder wir vergessen das gleich, es geht uns nichts an. Der magere Fahrer, wie ein Insekt in der blitzenden Schachtel, wartete eine lange Weile, ein kurzer stämmiger Mann ruderte zwischen den Rabatten heran, der Fahrer warf sich rücklings über die Lehne, um die Tür aufzudrücken, aber der Stämmige kam ihm behende zuvor und riß selber den Schlag auf, der Magere grinste und zog, oder der Chef zog, oder der Magere eh der Chef zufassen konnte die Tür ins Schloß und machte das Bein lang, und der Wagen flog über die Kreuzung, gleichgültig wo, und der eine fuhr und der andere sagte wohin, und wir kennen sie schon.
Was heißt sagte, was heißt machte? Nein, so ging es nicht zu; nach dem Schema F wenn ich schon arbeite ich nicht, wenn! nach der Natur, daß es ein Vergnügen ist. Also
Wenn du Lust hast, wenn du so freundlich bist, sagte Kunze sachte, so fahren wir ins, du weißt es selbst, noch ein Stück, du bist großartig, ein Kumpel, ich danke dir, mein Freund.
Natürlich (das war Hinzes zweites Wort, und meins), natürlich mache ich das, ist mir ein Fest, laß ich mir nicht nehmen, Genosse: freundlichst, der Hinze, und Kunze umfaßte ihn mit seiner weißen Pranke. Das muß gesagt sein, das waren ihre Worte. So fuhren sie miteinander.
Und nun, Dienst war Dienst, Kunze kauerte mit fahlem schlaffem Gesicht auf dem Hintersitz, aber nun können wir ihnen folgen, es kann alles auf den Tisch. Von gewissen festen Positionen aus gibt es keine Tabus. Die Aktenmappe glitt zwischen Kunzes Knien herab, er knüllte plötzlich seine Miene zusammen wie eine trostlose Zeitung, warf sie

weg. Kunze stippte versonnen den Zeigefinger in das milchige Abendlicht und leckte ihn erwartungsvoll ab, und Hinze steuerte, der Weisung folgend, den Waden einer jungen Person hinterher. Sie schritt zielstrebig aber achtlos und, von hinten gesehn, selbstgerecht durch die Französische Straße, kürzte über die Wüstungen ab, während der Tatra um die Ecken schlich, zwischen den Bauzäunen am Platz der Akademie, in verkehrter Richtung durch die Einbahnstraße, und die lappigen Absperrkegel zerdrückte. Kunzes Leib belebte sich, er umschlang den Vordersitz, aus seinem Schädel rappelte sich ein anderer Kopf heraus, mit weit offenen Augen, mühelos fröhlichem Mund, von Jugendfarbe übergossen. Sein Kinn ruckte immer wieder vor, eine befehlsgebende Körperschaft, der Hinze, in den Rückspiegel lugend, ergeben unterstand. In die überlaufene Leipziger, der gelbe Rock vor ihnen eine Ampel, die man nicht zu überrasen wagte. Hinze fühlte sich jetzt keineswegs wohl, obwohl oder weil er das Manöver gewohnt war. Er täuschte Suche nach einer Parklücke vor oder blinzelte zur anderen Seite aus dem offnen Fenster auf die Neubauten. Er schämte sich seines übermütigen Gastes, der die Lippen ausstreckte wie ein verreckender Fisch. Wonach lechzte der? Er hatte eine Frau zuhaus; warum japste er, als wenn er verröcheln müsse? Hinze fragte sich, lautlos aber stur, wie dieses abnorme Verhalten zu erklären sei, für das er mit engagiert war. War es im (aber so fragte er nicht ungefragt, so frage ich) gesellschaftlichen Interesse? Na was. Und weil wir einmal dabei sind: wie konnte es ein persönliches sein, wenn ich vorgeschriebnermaßen davon ausgehen muß, daß da eine Übereinstimmung herrscht? Wir fragen zuviel, dafür wird Hinze nicht bezahlt. Hinze hatte zu halten, Kunze sprang aus dem fahrenden Reservat heraus über das Schnittgerinne, der wegtrudelnden Fremden nach sogleich das schwere Einkaufsnetz ergreifend durch eine demolierte Glastür ein paar Treppen und Gänge, in eine friedliche Schwadron Kinder auf Töpfchen, sie glubschten den feinen Mann an, er half den zwei Erzeugnissen der verwunderten lächelnden vor dem Personal irritierten Person in Höschen und Mäntelchen hinein, nahm das Töchterchen schleppte sich mit der kleinen Equipe gegen den plötzlichen Wind durch das Gewühl und ließ sich geduldig Vorhaltungen machen, er schnaufte vergnügt, er stellte sich mit an die Schlange in der neuen Halle in die man sagte sie Zeit mitbringen muß die er vielleicht hat, er wartete ohne viel Worte, mit großen behutsamen Blicken in ein müdes Gesicht in dem feine Falten ein Einkaufsnetz zogen das Netz zog in der Hand Kartoffeln alte stinkende Kartoffeln zum Wegschmeißen lachte er, ungeduldige Leute Geschwätz der Schweiß rann vom Rennen aus dem Hemd, er war es nicht gewohnt er wartete er strahlte er atmete sie schwer wie aus dem Keller hochgestiegen an stieß langsam mit den Taschen sacht die Hände an ihren Leib sie schrie auf, er verlor den Kopf, er ließ das Netz die Taschen los die Kinder, schritt durch die Heißluft im dröhnenden Eingang bestürzt auf die nächste Straße. Hinze wartete im Halteverbot, der Hund, er war unerwartet zur Stelle, und ab ging es, vor der Busfahrer fluchend vom Hochsitz sprang, in die nächste Schneise.

Sie waren wieder beisammen, was mir am liebsten ist: so habe ich sie unter Kontrolle. Denn die Figuren, allzu einzeln betrachtet, können leicht abweichen von der Linie des Erzählens; der eine macht sich unnütze Gedanken, wenn er sich unbeschäftigt überlassen ist, der andre geht womöglich verloren in der Masse. Die Gemeinsamkeit, das Figurenensemble, die Menschengemeinschaft sozusagen sichert das runde Bild, das in den Rahmen paßt. Verfahren wir so; sie waren aber nicht lange gefahren, als Hinze das Fell juckte und er die Schulter an der Lehne rieb, endlich den Kopf halb herumwandte und fragen wollte, woher dieser Anfall von, nun, Zutraulichkeit gekommen sei, aus welcher spontanen oder geplanten Empfindung, und ob Kunze, der wieder schlaff im Fond lag, ihn überstanden habe. Aber es war ihm natürlich klar, daß er nicht viele Fragen frei hatte, und er überlegte sich, welche die wichtigste wäre, und so fragte er nur, ob er nach rechts oder links abbiegen solle. Nach links, und so war es also Kunze, der fragte:

Wir werden es hören. Ich weiß nicht, ob es im gesellschaftlichen Interesse ist, so viele Fragen zuzulassen, eh wir uns unsere Leute angesehen haben. Ich sagte, daß wir sie schon kennen: in ihrer Funktion, aber wie waren sie beschaffen? Bei Personen, die wie Kunze im Verborgenen, im Apparat arbeiten und ihr Gemüt nicht weiter ausbreiten, ist eine Beschreibung ratsam, die möglichst dicht am nackten Körper bleibt. Es kommt mir daher gelegen, daß mein Freund F., ein bekannter Literat, den Stämmigen neulich in der Sauna beobachtet hat, die Literatur schreckt ja vor nichts mehr zurück; ich zitiere aus seinem Bericht: Der Mann war voll im Fleisch. Er war einen ganzen Kopf kleiner als seine Begleiter, gedrungen, feist, doch erstaunlich gelenkig, und über und über mit einer grauschwarzen kräusligen Wolle bewachsen, auch über die Schultern und rund ums Knie. Wenn er in Schweiß geriet (in der Sauna, wie gesagt), glänzte er silbrig. Auch sein Haupthaar war dicht, wiewohl er Mitte der Fünfzig sein mußte, das Gesicht fast faltenlos, auch die – nicht sehr hohe – Stirn beinah glatt. Seine Hände wirkten, trotz der stumpfen Fingerkuppen, zart, und die Hand- und Fußsohlen (sagte unser Gewährsmann) ohne Hornhaut weich, ja fast weiberhaft. Peinlichste Sauberkeit; kaum merkbare Spuren von Parfüm oder sehr guter Seife. Breite Brust, durchaus ein Bauch, bedeutend sogar, gedrungene Beine, gedrungner Geschlechtsteil, massiver Trauring, das Gebiß kräftig, und Gold auch hier; der Atem rein, keine Brille. Die Augen hellbraun und kugelrund, sie musterten (bemerkte der nun beobachtete Beobachter) die Objekte durch ruckartige Sprünge zuerst des Kopfs und hernach der Blicke, und zwar immer die Pole ihres Gegenstands greifend, nur Kopf und Füße, und dies mit so ungeheuerlich ungenierter Sicherheit, daß sie vom Berichterstatter schon nicht mehr als Flegelei empfunden wurde. Nie verheimlichte Kunze (denn er war gemeint, ich bin sicher) einen Blick, nie wandte er ihn verlegen ab: wir sind es, die den Blick jetzt wegwenden, Hinze zu, und sehn wo er bleibt. Er ist doch, anders als Kunze, massenhaft vorhanden, und doch schwer auszumachen in der Kunst. Er, der sein Herz auf der Zunge trägt und dem die Meinung auf der Stirn geschrieben steht, tritt uns kaum unverhüllt entgegen. In der Hallenser Kunstausstellung, hundert Bilder, aber Hinze so eingeigelt in seine Monturen, Schutzhelme, Schweißerbrillen, daß nur die roten Ohren herausschauten, um auf Kunze zu hören. Er hatte viele Verhältnisse mit der Arbeit, das sah man, und er schien alle die Berufskleider übereinandergezogen zu haben, die neuen gleich über die alten, die

er nicht mehr loswurde am Feierabend, so daß er dick verpackt, ungreifbar und unkündbar, nicht zu belangen von den Kunstrichtern, aus dem Öl glotzte, mit einem hintergründigen, lasierten Lächeln. Und auch dieses Lächeln war nur zu erkennen, weil er, während er mit allen andern gemeinerweise von hinten, einen Tunnel durchschreitend gemalt war, eine akkurate neonbeleuchtete Unterführung (von wo nach wo? fragten die Kunstrichter, von welcher Welt in welche? ohne hineinzugehn), den Kopf zur Seite drehte, skeptischen Blicks nach hinten (wo ich im Tunnel stand, und der Blick zerriß mich), seine Lippen fest aufeinander, die Mundwinkel eine Spur herabgezogen, die Stirn gefurcht, Gesichtsfarbe ungesund gelblichbraun, hohlwangig, was an der Beleuchtung gelegen haben kann, aber deutlich am gestreckten Arm tatsächlich die Faust geballt! in Höhe des Hinterns, und kräftig ausschritt. Die Faust sah ihm ähnlich, mehr als das Gesicht. Ein Charakterkopf, wie man ihn in der Masse findet (und nur noch dort). Er konnte natürlich auch einer der andern sein, von denen nur Schultern und Hinterköpfe sichtbar waren, in der Regel gut genährte aber ein wenig fahrige, vorgebeugte, wie gejagte (oder nach etwas jagende) Gestalten unter unförmigen Mützen, jedoch sah ich Hinzes Schieberdeckel nicht, und womöglich hatte er schon den Tunnel verlassen, und seine Beschreibung bleibt also sehr im allgemeinen, obzwar elend stimmig. Es bleibt uns einiges überlassen, das Gesicht, das er etwa machte, als Kunze fragte:
Willst du mir nicht deine Frau vorstellen?

Die Zeile ist freigelassen, weil Hinze mehrmals Atem holte, schaltete, vom dritten in den vierten Gang, aber an der nächsten Ampel (Liebknecht/Ecke Spandauer) mußte er halten und sah mit stumpfem, in sich gekehrtem Blick in den Rückspiegel. Er hörte die Nachtigall trapsen. Dabei muß man wissen: er war gewohnt, sich überraschen zu lassen. Beschlüsse wurden gefaßt, er las sie in der Zeitung, er war einverstanden. Sagen wir es so verkürzt. Kunze hingegen kannte die reale Perspektive, er hatte sie, von berufswegen, vor Augen. Hinze schaute jetzt in diese hinein. Kugelrunde hellbraune Augen, die ihn mit selbstverständlichem Recht musterten.

Nach diesem sehr persönlichen Anfang, der mit der Hauptverwaltung abgesprochen ist, wenden wir uns der eigentlichen Handlung zu, der wesentlichen Darstellung der Wirklichkeit. Dies erfordert einen Realismus, der den großen Atem unserer Zeit hat. Zwar gibt es genug Gegenstände, vor denen uns der Atem stockt; man sieht es unsern hochroten, ewig röchelnden Romanciers an. Aber ich habe keine Wahl, ich muß mich an das Leben halten, das unsere Helden führen. Kunze, kaum war Kunze vor seinem Bungalow abgestiegen, hatte sich geduscht, eine tomatenbelegte Schnitte entgegengenommen, war auf die sonnige Wiese getreten, hatte sich im kleinen Schilfmattengeviert seiner Turnhose entledigt und spürte, auf der Schaumgummiliege ruhend, wie die Sonne ein Stück mit der Bräunung seines Körpers vorankam, fünf Minuten Bauch, fünf Minuten Rükken, das NEUE DEUTSCHLAND schützend über den Brägen gedeckt, die Raketenpläne der NATO, der Staatsbesuch aus Moçambique, die Planerfüllung oder was wissen wir, der Schweiß perlte sacht von den Schläfen, als ihn ein Anruf ins Haus jagte, in die Socken. Er beorderte Hinze zurück, Hinze: war eben zuhause still in die Küche getappt, sah seine Lisa über den Tisch gebeugt, umfaßte sie mit einem zärtlichen Blick aber mit den Händen nur ihre Schenkel, den Ansatz der Wölbung, leicht zu erlangen unter der Kittelschürze, und sie fuhr enttäuscht herum.
LISA Behandle mir wenigstens wie deinen Wagen.
HINZE Wie den Wagen?
LISA Da fängste ooch von oben an.
Und sie drehte Zündschlüssel und Schalthebel, hatte aber das heiße Plätteisen in der Faust, und trat hart auf Hinzes Fuß:
Daß du et nie lernst!
Er wich mit dem übrigen Körper zurück, zog den Fuß nach aus der ungemütlichen Küche, sein Blick war verschenkt gewesen, er ließ ihn durch die Garage gleiten. Dann war der Blick abwesend in einer angenehmen Ferne, und Hinze, was machte er? anwesend in der Ecke, mit traurigem, entschlossenem Gesicht, er hielt sich in der Hand und rieb wütend, das Knie gegen die runderneuerten Reifen gepreßt. Es dauerte. Aber jetzt hatte er die Arbeit begonnen, er war ein Fachmann, er sah wieder aus den Augen gleichgültig

auf das sich zufriedengebende Teil, lagerte es wieder ein in die Montur und vergaß es. Erinnerte sich mit plötzlicher Lust an den Wagen, den er waschen wollte, rollte den roten Schlauch aus, drehte den Strahl breit auf, spürte sich wieder, das rekelte sich, es half nichts, er

Da, was kann mir gelegener kommen, rief ihn Lisa, mit schon wieder fröhlicher Stimme, an den Dienstapparat, zog rasch seinen Scheitel nach, und sie küßten sich herzlich, und zehn Minuten später – jetzt kommen wir also zur Sache, zur angekündigten Literatur – hielt Hinze geräuschlos in dem Gartenweg. (Diese Umwege immer, des Realismus, sind mir selbst nicht geheuer. Wohnte Hinze zu entfernt, im Prenzlauer Berg? War er, war gar Kunze zu sehr mit sich beschäftigt, statt mit der Sache? Oder war die Sache einfach zu weit weg, und wir bringen sie nicht zusammen? Nein nein nein.) Der Chef amtsblaß, das Haar wirr, das frische Hemd schon durchgeschwitzt. Hinze sah sofort: es war etwas *passiert*. Er riß oder der Chef riß den Wagen auf, fiel hinein und fuchtelte Hinze vorwärts. Eine Katastrophe. Hinze schwieg schlau; Kunze knirschte mit den Zähnen: Sabotage.

HINZE Der Klassenfeind.

KUNZE Soll ich es dir sagen. Sabotage. Überall. (Seine Augen waren noch runder als sonst und eingedunkelt.)

HINZE (lauernd:) Das denk ich nicht.

KUNZE Behalt dir deinen Glauben.

HINZE Meinen Fortschrittsglauben.

KUNZE (stöhnte, dann:) Der uns verpflichtet, die Gefahr zu sehn!

HINZE Ich sehe nichts.

KUNZE Weil du nichts weißt.

HINZE Von wegen!

Kunze auch gewitzt, biß sich auf die Lippen. Hinze forschte im Spiegel das fahle Gesicht aus, ob er weitergehen durfte. Er betrieb das Auskultieren mehr als Sport, um sich fit zu halten. Wie er auf den Motor lauschte nach einer Unebenheit, so legte er das andere Ohr nach hinten auf Kunzes keuchende Brust. Es schien sich ihr ein grimmiges Lachen zu entringen, und Hinze sah verblüfft den ungehemmt grienenden Mund.

Es ist nicht zu fassen!

sagte Kunze, und das war das letzte. Die Sache hatte also Dimensionen. Hinze erkannte es voll Respekt. Er schätzte Kunzes Arbeit, oder was er davon spürte: den Elan. Der setzte sich ein. Der schonte sich nicht und ihn nicht. Der war aktiv. Sie bogen in die   ein und stoppten vor dem   , und Kunze verschwand im und ging sogleich zu

Aber Hinze wartete draußen. Er hat auch späterhin nichts erfahren, und auch der Leser wird es nicht. Vergessen wir nicht, daß wir im gesellschaftlichen Interesse schreiben und auch lesen. Weshalb sonst kann so vieles nicht direkt gesagt werden? Zum Beispiel folgende Geschichte – undenkbar, sie aufzuschreiben. Oder auch nur zu erwähnen. Im letzten Winter geriet der VEB ROBOTRANS in Verlegenheit des Jahresplanes wegen. Man fand sich mit einer hohen Stückzahl beim Bruderland in der Kreide. Selbstverständlich war der Plan erfüllt zu melden. Das war eine Sache der Ehre, zudem für die Leitung eine Pflicht und für die Belegschaft eine reine Geldfrage. Materiell war nichts herauszuholen, man mußte sich Gedanken machen. Gedanken um nichts; Gedanken aber im kleinsten Kreis. Bei geschlossenen Türen in Adventsstimmung. Man war nicht gewillt, auf die Bescherung zu warten. Die psychologischen Details hat jeder aus der Anschauung parat; am letzten frostigen Tag des Jahres fuhr in der Morgenfrühe eine Wagenkolonne über die eisglatte Autobahn und die verschneite F 174 nach Zinnwald hinauf. Der Zoll, weiße Wolken vor dem Gesicht, gehobener Laune vor der Silvesterfete, begutachtete die reifstarrenden Container, prüfte genau die Angaben auf den Papieren und stempelte sorgfältig, ordentlich dienstgeil bis zur letzten Kopie. Die Fahrer nahmen grußlos, nach soviel Umständen, den Kram entgegen und kletterten in ihre Buchten. Sie fuhren gemächlich landein bis zum übernächsten Teehaus, wo sie sich einige Stunden aufwärmten. Gegen Abend gelangte man, unnötigerweise, nach Schmilka, das ganz im Winter versunken lag, ließ die tschechischen und deutschen Grenzer in die nachweislich leeren (wenn man einige Kästen Pilsner Urquell übersah) Wagen kriechen, passierte jodelnd die Station und lieferte noch vor Mitternacht einem wartenden Gremium das Gezettel aus, um auf ein gutes Neues anzustoßen. Es war harte, medaillenverdächtige Arbeit gewesen, die man schnell vergaß beim Sekt. Die Leitung konnte die Siegesmeldung machen (die Zollbescheinigungen komplett). Sie saß sicher auf dem Stuhl, die vielhundert Kollegen sahen sicher der Endprämie entgegen, in Berlin sicherlich Ruhe. Die Arbeit konnte weitergehn, mit vermehrter Kraft. Es war im Interesse aller verfahren worden, auf eisiger Bahn, sogar im Interesse Berlins, wenn ich die Stadt recht kenne. Das Bruderland, zuallerletzt, konnte schon gar kein Interesse haben an ausgefallenen Meldungen; die Geräte würden geliefert werden, so oder so. Lediglich Gerede hätte keinem genützt. Das Ding war gelaufen. Wir werden es nie erfahren.

Noch im selben Berichtszeitraum lud sich Kunze bei Hinze ein.
HINZE Ich bin beglückt.
KUNZE Ganz meinerseits. Wir müssen uns näherkommen.
HINZE Und Lisa, wie.
KUNZE (pfiff einen fröhlichen Bogen:) Du hast recht. Schließlich ist sie deine Frau.
HINZE schwieg grimmig/belustigt.
KUNZE Damit sie weiß, mit wem du dich herumtreibst.
HINZE Zu nachtschlafener Zeit.
KUNZE Im besten Alter.
HINZE Im gesellschaftlichen Interesse.
KUNZE Genau. Wir bringens ihr bei. Es ist im gesellschaftlichen Interesse.
Hinze fuhr Kunze vor.
Sie mußten durch den Prenzlauer Berg, eine stehengebliebene Stadt, die Kunze, wenig bewandert, mürrisch musterte. Abgehärmte Fassaden, sein Blick ruckte von den nassen Kellern zu den zerborstenen Dachrinnen und schlug wieder zu den Grundmauern nieder, in schnellen Sprüngen, von den verluderten Eingängen zu den abgehäuteten Firsten, dann ließ er ihn im Rinnstein liegen. Hinze bog in die Lottumstraße, im Eckhaus die Fenster roh zugemauert, schmieriges Pflaster, Kohlendreck, Müllcontainer (FÜR KLEINGERÜMPEL), links unmotiviert eine verrostete Tonne, Bauwagen, an einem eine Ziegelwand hochgezogen, schräg wie der, Kreidegekritzel: Männlein mit gesträubtem Haar

und breiten Beinen, die Zeugungsorgane separat in stark vergröberter Form.
Lotterstraße,
sagte Kunze. Ein schwindsüchtiges Viertel, aber doch von Menschen bewohnt. Rudi Hartmann Malermeister Spez. Kutschenlackierungen. Sargmagazin Karl Prösecke. Verlag für Agitations- und Anschauungsmittel Abt. Produktion. Wohin wollte er? Kunze beschlich ein wohltuendes Gefühl. Er *kam*, ihn störte der Dreck nicht, er wäre durch Schlamm gerudert. Lisa.
Nr. 17, ein düsteres Treppenhaus, uneinsichtig gewinkelt, die durchgetretnen Stufen tappend hinauf. An den Wänden, denen sich Rudi Hartmann nie genaht hat, die Anstriche seiner Ahnen, ein Weiß ganz unten, hellblau, geplatzter lehmfarbner Lack. Im ersten Stock ein breites Portal: zwei Parten, HINZE links, olivgelbe saubere Glasfenster, mit rotem Mohn bemalt. Lisa!
Den fälligen Bericht überlasse ich nun Kunze, hier gibt es nichts zu frisieren. Das Haar nahm ich als erstes wahr, eine gelbe Woge fiel vom Scheitel nach den Seiten herab, fing sich über den Ohren und stürzte, diese kleinen Muscheln freilegend, nach hinten in eine Wirrnis, die über dem Nakken nach oben wirbelte. Ich sah den hellen Nacken sogleich, weil sie den Kopf wegwandte von meinem vielleicht zudringlichen Blick. Die anmutige Stirn hoch, die Nase unter der Bucht der Braue vortretend in einer herrlich ruhigen Linie um die runde Spitze, die Lippen ungeschminkt rot, sacht aber bewußt aufeinander, als hätten sie mir für immer nichts zu sagen, ein Eindruck, den das ein wenig gehobne Kinn unterstützte. Das Auge geschlossen, das helle Lid von einer herabhängenden Strähne versiegelt. Schön und unnahbar, ich senkte den Blick bedrückt, auf ihre Füße. Sie waren nackt. Nackt und rosig auf den blanken Dielen, die Zehen rührend nach oben gestreckt; zwei zutrauliche Tiere, die man greifen könnte. Ich betrachtete sie, und sah jetzt alle zehn Zehen in aufgeregter Bewegung, als wenn sie Klavier spielten. Als ich schnell hochfuhr, überraschte ich ihr Gesicht von vorn. Augen, nur ein feuchter Streif, fast schwarz, ein milder Blick; ich spürte augenblicklich, daß etwas geschah, das ich nicht aufhalten konnte. Eine Neugier, die sofort Interesse, das sofort Vertrautheit wurde – aber

eine unerwiderte, peinigende Vertrautheit, die nicht zu ertragen war. Sie überfiel mich, sie riß mich hin. Ich brauchte diese Frau, ich kann nicht sagen warum, aber ohne sie würde mir etwas Wichtiges fehlen, etwas von mir selber. Zusammen würden wir andere sein. Ich zog ihren Blick entschlossen in meinen. Dankbar, wie ich sofort war, kindisch genug! strahlte ich wohl, und nun zog sie einen breiten Mund, der die Zähne sehen ließ und sich erst weit außen in den Backen ein wenig hochhob, so daß das Lächeln vieles bedeuten konnte, aber das in unverstellter Weise. Ich ging auf sie zu. Sie behielt das Gesicht bei, unter der Röte. Ich starrte auf die wunderbare Basis, nicht imstande, den Überbau an Gedanken zu lesen. Ich schaute nicht durch, in ihre Verhältnisse, konnte ich hineinkommen? Ich war rasend vor Verlangen. Ich

Hinze, der Kunze im Auge hielt, befürchtete einen neuen Anfall des Freunds. In seiner Küche, in Lisas Beisein! Er ergreift jetzt unaufgerufen das Wort, die Stimme aus dem Publikum. Ich sah bloß die Bluse, halboffen, sie trug keinen Büstenhalter. Jeder konnte die Brüste erkennen, die rund und schwer in dem dünnen Stoff lagen und die Spitzen spießten durch. Das mußte sie anziehn, wenn jemand kommt! Ein Laden mit Auslage. Ich fühlte die Verpflichtung, sie schützend in die Hand zu nehmen. Sie stand gegen das Licht, und der Rock durchsichtig, ein Fähnchen, wenn sie vorm Fenster blieb. Es kommt vor, sie hat kein Höschen an. „Wat, im Sommer, Mann." Und was, wenn sie sich auf die Bank setzte, Kunze gegenüber. Mir brach der Schweiß aus. Weiße Bluse, roter Rock, sie legte es drauf an. Sie hatte sich *schön* gemacht. Die goldne Kette, die ich ihr geschenkt hatte für 365 Mark. Sie wollte dem *hohen Besuch* gefallen. Mir zuliebe, hatte es mir gedacht. Wollte einen guten Eindruck machen, mußte sie nichts für tun. Mußte sie nicht das Hinterteil rausstrecken. Sie machte für mich! Sie himmelte ihn an.

Jetzt bekomme auch ich Lust, Lisa zu beschreiben, als dritter Mann, was bleibt noch? Die Körperteile, die beide unberührt ließen: Schultern, Hände und Knie, ihre ausdrucksvollsten Partien, die rührendsten, die mir durchaus Möglichkeiten lassen zu einem eignen Beitrag (zu der Frage, auf wen hier wer Eindruck macht). Aber auf der

Szene tat sich was. Kunze hatte sich gesetzt, das heißt Lisa hatte ihn in den besten Stuhl gedrückt, ein Kissen untergeschoben, und nun ging sie vor ihm in die, wie es ihre, was er nicht ahnen konnte, Art war, Knie und fragte höflich:
Jenosse, wat kann ick for Sie tun?
in die Knie! Und Hinze lachte versöhnt: so war sie, eine Gute – bis er erstaunt bemerkte, daß Kunze sich verfärbte. Daß er sich irritiert an den Kragen griff, an das Revers. Und auf dem Ehrenplatz erstarrte, die Augen huschten an die geblümte Wand. Dann riß er unwillig das Kissen unter dem Hintern weg, auf die Dielen, beugte sich vor mit geöffnetem Mund, keuchte:
Was hast du gesagt? Für mich?
und sprang auf und streifte Hinze grob und nuschelte ein paar Termine. Der ging! das Rangdewu war beendet. Lisa stand, verwirrt über die Wirkung ihrer Freundlichkeit, ans Fensterbrett genagelt, Kunze polterte die Treppen hinab, ich begreife es nicht. Ich beschreibe es. Hinze blickte wütend auf das *nackte Weib.* Die schön Gekleidete eilte auf den Flur und fragte, laut:
Wat will der Idiot? For wat kommta denn rin?
Es war eine tieferlotende Frage. Hinze hieb ihr die Hand auf den Mund:
Frag dich, warum er geht!
Dann breitete er die Hand über ihr Gesicht aus mit allen zärtlichen Ballen, und Lisa schleckte in den Handteller hinein, und er strich ihr das Haar wüst, und sie stellte ihm ein Bein, und er trollte sich kopfüber.
Frach dir, wann de kommst!
rief sie sanft nach unten, er kreischte im Parterre, nun kennen wir sie auch: oder ich kann jederzeit ihr Foto zeigen, ich trage es bei mir.
Aber wer kennt sich in Kunze aus.

Aber wer kennt sich schon? Wenn man die Zeitungen nicht hätte und die zuständigen Stellen, man wüßte wenig von sich zu halten, oder gegebnenfalls zuviel, jedenfalls nicht das Richtige, das im gesellschaftlichen Interesse liegt. Dieses große Ding gilt es immer wieder festzulegen und anschließend zu beraten, in zugehängten Gremien oder in weltoffener Tagung. Wir hatten mit der Vorbereitung

nichts zu tun, sie war im Gange. Vor der fahnengeschmückten Halle klopfte Kunze auf den Busch:
Ich nehm dich mit hinein.
Hinze Was, mich?
Kunze Hör dir das an.
Hinze Wozu?
Wenn man das gesellschaftliche Interesse außer acht ließ, konnte man sagen: die Unwissenden, damit sie unwissend bleiben, mußte man schulen. Wir haben aber acht, wir sagen: so unwissend war er nicht. Kunze schätzte seine Meinung, die er sich leistete auf langen Strecken.
Hinze Bin ich eingeladen.
Kunze Nimm meinen Prikas. Ich muß sowieso aufs Podest.
Hinze (Hände in den Taschen:) Na mach das mal.
Kunze Dann löcherst du mich wieder.
Von Hinzes Neugier wissen wir; zu mehr reichte es meist nicht. Wenn er gefragt war, war er nicht ansprechbar. Er mußte den Wagen waschen. Der *Dienst* war sein Brot, das kaute er geflissen. Mit vollem Mund konnte er nicht reden.
Kunze Und wenn ich dich herzlich bitte? (Es war ihm endlich ernst.)
Hinze Werd ich dafür bezahlt.
Er hielt sich hintan, wenn schon denn schon, es war eine Sucht. Er hatte seine Rolle nicht gewählt, aber sie paßte ihm, er hing an ihr mit einer Demut, die Kunze erbitterte.
Kunze Hilf mir regieren, Mensch!
Hinze Laß man. Ich steh so im Streß.
Hinze bekam dicke Ohren, Halsschmerzen und Durchfall, er mußte sich drücken. Kunze durfte allein aufs Podium (an die Lektüre/zur Berichterstattung). Kein Hinze folgte ihm. Kunze hatte die Führung und die Folgen zu tragen. Ein Scheißspiel, da brauchte Hinze auch nicht zuschaun, da machte Kunze den Vorhang dicht. Da verschwand er in den Kulissen. Und so verwiesen sie sich in ihre Rollen, immer der eine den andern, und der andre mit; und so blieben sie beieinander,

und Kunze im Präsidium/sieht sich nach den Frauen um. Dieser geflügelte Satz war ihm schon zugetragen, aber Kunze, anfällig wie je, äugte über die Delegierten. Weibliche in der Minderzahl, das gewohnte Bild, ein rohes Zeitalter, er übte die Augen im Rösselsprung. Gerade jetzt befiel ihn diese Lust: da er unter den Gewählten saß, gerade hier auf seinem erhöhten Platz spürte er diese kommunen Triebe. Er schämte sich nicht. Es war eine Krankheit, mochte man meinen, aber er fühlte sich gesund, und stark, über den Graben zu segeln. Wohin? in die Arme der nächsten Schwarzgelockten. Sie stand am Rednerpult. Sie begann frisch drauflos, ohne an die Vorredner anzuknüpfen (die auch wir übergehn). Sie wolle hier keine fremde Wäsche waschen, das mache sie jeden Tag, sondern die eigne. Wie gesagt, VEB BLÜTENWEISS, so wie wir heute arbeiten, lauft ihr morgen herum. Ihr Ton weckte den Saal. Kunze musterte sie scharf. Zuhören war nicht seine Stärke. Hinsehn ja. Eine dünne blasse Frau mit roten Händen. (Hören, das waren meist nur Sätze, er kannte sie schon. Abgesegnete Reden. Das stimmte alles, das hatte keinen Sinn. Das quoll ihm aus den Ohren. Eine Weile nur Großworte: Gesamtinteressen Ziel Mehrung Reichtums Entwicklung Persönlichkeiten, Übereinstimmung Interessen Werktätigen Kollektive Erfordernissen Triebkraft Gesellschaft. Oder er selektierte für Minuten Kleinworte: materiellen geistigen allseitig gebildeter sozialistischer sozialistischen beizutragen, politischen materiellen kulturellen gesellschaftlichen wichtigste. Es ergab immer noch die gleiche Information, es langte die Hälfte der Wörter. Im Grund war es gar so, daß man nicht zuhören mußte, um zu verstehn, der Tonfall tat es: der Klang. Er war darauf trainiert; die Daten entnahm er internem Material. Er konnte die Augen weiden.) Aber *die* sprach freiweg, sie hatte was zu melden. Man wird von allem satt, aber bleibt man sauber? Kunze schloß die Augen. Er hörte *neue Töne.* Wer nicht will, der kann auch nicht, im gesellschaftlichen im persönlichen Interesse da ist kein Unterschied. Es rann ihm warm durch die Glieder. Die nahms auf sich! das hatte sich gewaschen. Er sah sie wieder an, mit wilden Augen. So dünn sie war, so wie sie heute redete, mußte sie morgen arbeiten. Auf die kam etwas zu. Was Liebe will, rief sie, das will sie bald. Der Beifall prasselte, Kunze erhob sich, sie verschwand im Saal. Das Schlußwort vernahm er nicht. Er erlitt einen Anfall. Er saß, auf das rote Tuch gestützt, zusammengesunken.

Hinze fuhr ihn anderntags nach Spindlersfeld. Er sah es Kunze an, daß es keine reine Dienstfahrt war. Der Dienst war eine Herzenssache, jetzt nahm der ganze Körper teil. Der flatterte, der verströmte sich, der schnappte nach Luft. Hinze lauschte stumm. Rätsel waren seine Leidenschaft (die Wartestunden). Er knobelte; während Kunze schwitzte. Kunze erklärte nichts, was sollte er verbreiten? Dergleichen Zustände waren nicht erfaßt, geschweige denn erforscht. Man *hatte die Menschen,* aber was hatte man da? Im Innersten, wer war dafür zuständig? Was versammelte sich da? Kunze fühlte sich froh bedrängt. Was fauchte stöhnte brüllte aus seinem Leib? Was wollte aus ihm heraus, zu welcher Kundgebung? Er prüfte sich mit gerunzelter Stirn. Er lehnte sich zurück, er wies sich weit von sich. Er wollte nach der Rechten ... nach dem Rechten sehn. Und doch hätte er sich umarmen können, so mochte er sich jetzt. Er fieberte dem Ziel entgegen.
Während Hinze dem Ziel entgegen fuhr. Durch die Köllnische Heide, die Sonne noch flach im Nebel zwischen den schwarzen Kiefern: Hinzes Zeit, so frühe konnte er atmen und sah etwas. Einst, vor der Frühschicht! Abrupte Himmel, bizarre Gebäude, Schienen Masten die Industrie. Ihm war wohl und wehe, er sah gehetzt gradaus. Ein Deserteur, ein flüchtiger Spitzendreher. Entlaufen im Wagen, aus dem VEB Niles. Werktore Losungen, er rauschte vorbei. Immer auf der Flucht, Oberspreestraße, Geschkestraße, vor dem langen Klinkerbau erschoß er sich, eigenhändig, und blieb im Wagen liegen. Kunze stieg aus.
Die Luft eine Waschküche, er stakte vorwärts, Möwen flegelten durch den Hof. Er fragte nicht nach dem Weg, er hatte Augen. In die große Halle; hell und groß, ein Bild wie aus der Zeitung, der Fortschritt *die Realität.* Maschinenstraßen, unter den gondelnden Wäschesäcken junge Frauen in blauen (die jüngsten) und rosafarbnen Kitteln. Es war ein Fest. Er fand die Dünne gleich und sprach sie an. Sie kannte ihn nicht, sie verstand nicht gut. Ein Lärm. Sie war beschäftigt, er lächelte und ließ sie machen. Sie legte, zu zweit mit einer großen, wirschen Person, Bettbezüge in eine mächtige Mangel. Sie nahmen ein feuchtes schweres Stück von einem Gestell, zerrten es hin und her und hoben es, über rotierende Rollen weg, an ein schmales Brett, akku-

rat auf Kante, drückten gegen das Brett, die Rollen rafften den Stoff fort, die Dünne zurrte eine Ecke straff, ein wenig aufgeregt, schien ihm, und bückte sich schon wieder und griff das nächste Stück. Er wartete ab. Sie schafften was weg! er wurde ruhig und sicher. Das würde es sein, mit ihr würde es werden. Er griff die Dünne fröhlich mit dem Blick. Sie wischte die nackten Arme durch die Luft:
Wrasen.
Phrasen, er hatte noch nichts gesagt, er lachte irritiert. Das Gestell war leer, er wollte reden brüderlich sie an sich ziehn mit nackten wahren Sätzen. Die Dünne beugte sich zu ihm, er brachte nichts so schnell hervor schon schoben zwei andre Weiber einen neuen Wagen her, die Dünne und die Wirsche eingeklemmt beugten sich über die Packen und schüttelten sie mühsam auf, ließens sein und rissen das nächste Laken an die Mangel. Er stand unnütz da er fragte was sie, was, sie hörte nichts. Der Lärm ein beißender Geruch die Augen. Zufassen wo was, alle sahn auf ihn her. Er mußte mit der Sprache raus aus sich heraus in sie wann:
Wann seh ich Sie:
Sie sehn ja.
Ruppige Stimme, das Laken riß ihren Blick wieder in die Walzen. Er kam sich plötzlich blöd vor dastehn sie rotiert, in seinem dunklen Anzug. Sie sah gar nicht mehr auf machte Tempo. Die Blinklampe leuchtete faßten schnell auf den roten Schalter die Maschine aus, ein Laken hatte sich verhängt nicht aufgepaßt sie zogens aus den Walzen. Die Wirsche warf der Dünnen böse Blicke zu. Kunze war abgemeldet. Sie gab wieder Laken ein *Großteile,* Kunze strich sacht über ihren Arm. Die Halle dröhnte. Die Dünne verzog keine Miene mehr.
Der geht mir auf den Docht,
er sah beschämt weg. Die nahmen sich in die Mangel. Plakkerei. Er stöckelte hinaus, schleppte sich an den Wagen. Hinze, der Hund, sprang ihm wedelnd entgegen.

Wir haben wieder das gesellschaftliche Interesse aus den Augen verloren. Eine kleine blasse und sogar dünne Wäscherin verpflichtet sich zu sonstwas, und Hinze und Kunze sollten abseits stehen? Ohne Diskussion? Das wäre ein Kunstfehler, eine Schwäche des Werks, die mir der Leser, den wir uns wünschen, nicht verzeihen würde.

KUNZE Ich staune immer, was unsere Menschen machen. Was sie auf sich nehmen.

HINZE Was sollen sie denn machen. Sie können nicht anders.

KUNZE Was heißt: sie können nicht anders?

HINZE Genau, es ist ein Zwang. Da werden sie wie wild.

Kunze kniff das Gesicht zusammen.

HINZE In ihnen drin! Von außen, auf den reagieren sie nicht. Eine Veranlagung, daß sie aus sich rausgehen, weil sie sich nicht wohl fühlen in ihrer Haut.

KUNZE Da würd ich vorsichtig sein.

HINZE Du kannst es vielleicht nicht wissen, du bist drüber naus. Du bist geheilt sozusagen.

KUNZE Wie meinst du das.

HINZE Dir ist geholfen, weil du aus dem Schneider bist, oder aus dem Schlosser. Du lebst vom Bewußtsein.

KUNZE Bewußtsein haben sie auch.

HINZE Freilich, aber sie leben nicht davon. Das ist es ja, sie haben das Bewußtsein, aber die Arbeit wie eh und je. Das ist ja der Beschiß!

KUNZE Jetzt folge ich dir nicht.

HINZE Sonst wär es leicht. Sonst machten sie sich keinen Kopf drum, jetzt müssen sie ihn einwickeln in Transparente. Den Dreck nimmt ihnen keiner ab. So werden sie halt wild und arbeiten drauflos. Und verpflichten sich, verstehst du: sich selbst!

KUNZE Schön wär es ja.

HINZE Es *ist* schön. (Es rächte sich, daß Hinze so lange warten mußte ohne Ansprache. Kunze bekam es zu spüren, der Magere gab nicht nach.) Aber sie merken es nicht, weil sie beschäftigt sind, immer wilder zu werden wie die rammdösigen Esel. Deshalb wirds ihnen ja in der Zeitung gesagt, nur, die lesen sie nicht, weil sie genug haben von sich am Arbeitsplatz. Sie können nichts mehr von sich hören, und wenn es das Schönste ist. Sie habens satt.

KUNZE Soweit würd ich nicht gehn. Eher sind sie bescheiden und wollen nicht gesagt bekommen, wie gut sie sind. Es ist ihnen peinlich.

HINZE Sie sind nicht darauf angewiesen. Das will nicht hei-

ßen, daß sie ohne die Appelle und Analysen ebenso wild wären; es ist nur eine Pein mehr. Das sagt ihnen doch klar: sie sind nicht das, was sie sein sollten, sie sind irgendwas dahinter, im Dreck wie gesagt. Das macht böses Blut, und so verpflichten sie sich.
Kunze hatte die Diskussion nicht gewollt. Jetzt war sie da, jetzt mußte ein Resultat auf den Tisch. (Und ich kann die Schwäche im Figurenaufbau korrigieren.)
KUNZE Du sagst verpflichten ... Sag das noch einmal.
HINZE schwieg schnell müde.
KUNZE Bissel konkreter, wenns geht.
HINZE Höher schneller weiter.
Er gab Gas.
KUNZE Halt, mal langsam, Freund. (Freundlich:) Karten auf den Tisch.
Ich sehe mich in der Verlegenheit, Hinze, einem nicht veranlagten Mann, eine Selbstverpflichtung *nahezulegen.* Soll er Benzin sparen? das hieße weniger Fahrten, öftere Wartezeiten, er würde ins Drömeln kommen, sich Gedanken machen, und wer weiß, ob sie die richtigen wären? Was kann er mal machen, einmal, auf dem Papier? (Was ist meine einmalige Bedrängnis, verglichen mit dem alljährlichen Wirbel in den örtlichen Organen, die die abwegigsten Produktionszweige am Riemen reißen müssen ... Oft ist das Leben, einmal ist die Kunst.) Hinze erklärte sofort allgemein sein Einverständnis, ohne weiteres. Hinze und Kunze hatten eine unterschiedliche Einstellung zu Selbstverpflichtungen. Für notwendig erachteten beide sie, man mußte die persönlichen Interessen den gesellschaftlichen unterordnen. Aber Kunze nahm sich privat aus; die These war für unsere Menschen, die Massen, nicht für die, die ohnehin ihre Arbeit machten. Die ohnehin am Drücker waren, sie mußten sich nicht selbst drücken, im Gegenteil: der schwere Stand, den sie hatten, mußte ihnen erleichtert werden. Sie dachten für alle, sie sollten auch an sich denken. Das waren persönlich die Besten, sie konnten das Beste haben, und es waren ja auch die wenigsten. Die vielen, die sich gehenließen, aber mußten *vorankommen.* Hinze sah es ein, nur wollte er gar nicht so weit. Lieber sah er, wo er blieb. Der Sache nach stimmte es schon, aber die Sache war nicht unumgänglich. Man mußte sich etwas einfallen lassen: der eine für die an-

deren, und der andere für sich. So verblieben sie miteinander.

Aber vor Kunzes Pforte, als seine Gattin schon hinter dem Fenster stand, kamen sie wieder ins Gespräch.

KUNZE Ich habe dir was zu sagen.

HINZE So ist es, Chef.

KUNZE begann zu keuchen. Er riß die Augen auf, Hinze begriff. Es ging um *Thema eins.*

KUNZE Wie schätzt du *selber* deine Ehe ein?

HINZE (obenauf:) Was willst du hören.

KUNZE (ebenso:) Deine Selbstkritik.

HINZE Lisa, du kennst sie –

KUNZE Kaum. Aber ich kenn dich. (Er sah ihn wütend an.) Du achtest sie nicht sehr. Was willst du von ihr?

Das ist eine schwierige Stelle in dem an sich einfachen Text, wohl weil ich nicht mit dem gesellschaftlichen Interesse operieren kann. Ohne ein leichtes Entgegenkommen Hinzes würden wir jetzt in einen Konflikt geraten, also den verständlichsten Roman. Ich schreibe aber lieber, was ich nicht begreife.

KUNZE Liebe, komm mir nicht damit. Du bist ein Egoist. Hast du Zeit für sie?

HINZE Ja was denn –

KUNZE Gewohnheit, weiter nichts. Dreckige Spielerei. Sie selber meinst du nicht.

HINZE Ja wen denn –

KUNZE Du bist schlecht zu ihr. Du bist kein Mensch, ich wette du wichst. Du hast kein Recht auf sie.

HINZE Ja wie denn –

KUNZE (schrie, außer sich:) Wir haben eine Welt zu gewinnen, und begnügen uns mit einer F –

Er sprach sich aus; Hinze verstand ihn ja. Dem schwebte Lisa vor, aber warum? Sie hatte ihm mißfallen, so sehr sie ehrerbietig tat, warum? Sie schien ihn noch zu reizen, aus einem tiefen Grund.

KUNZE Überlaß das mir.

HINZE Das, das ist *sie*?

Kunze umarmte ihn sacht. Wir kennen Hinzes Neigung, ein einverstandner Mensch, bevor ein Machtwort fällt. Er war zu überzeugen (wir kennen uns auch selbst). Er war der andre, wenn der eine rief. Wenn schon denn schon, er nahms als Selbstverpflichtung. Ums Begreifen ging es nicht, siehe oben. So verfuhr der eine mit dem andern, und der machte es mit.

Der Herr und sein Knecht ritten durch die preußische Prärie. Das Gras war gepflastert, die Bäume standen dünn in Reih und Glied wie herbestellt. Die Ortschaften, die sie passierten, schienen gereinigt, der gröbste Mist hinter Aufstellwände sekretiert. Es war ein wohlbeleuchteter Morgen, ein ruhiger Jubel lag über der Flur. Sie ritten brüderlich hintereinander, der Herr sah prüfend voraus, der Knecht hielt die Gurte des Gepäcks in den Zähnen und trieb die immermüden Gäule ein wenig zur Eile. Wer sie waren und zu welchem Ziele sie trabten, muß nicht mehr verschwiegen werden; heute weiß man, wohin der Weg führt. Der Herr war ein Arbeiter- und Bauernkind, sein Vater, ein arbeitsloser Transportarbeiter und Frontsoldat unter dem Ancien régime, hatte sich nach dem Umsturze in der ersten Stunde hervorgetan unter Tage, aus Hunger, nach neuen Verhältnissen, für die erfüllte Monatsnorm ein Kilo Schlachtfett Zulage, hatte später auf verstreuten Einzelgütern die Bauern reformiert, hatte die ursprüngliche Akkumulation im lausitzer Bezirk, dreck- und blutverschmiert, erlebt und schließlich als gefestigter Instrukteur das Zeitliche gesegnet. Sein Sohn sollte es besser haben: er wurde hochgeschult mit dem Studium der Grundlagen, promovierte über die materielle Interessiertheit in frühmittelalterlichen Burganlagen, wurde auf Lehrgängen zum wissenschaftlichen Optimisten qualifiziert und hatte es bald, ohne die Welt länger anzuschaun, zu einer Weltanschauung gebracht, mit der er im Apparat aufging. Der Knecht war so günstiger sozialer Herkunft nicht, er entstammte besseren Kreisen, der guten Stube eines Angestellten, welcher im Siebenjährigen Kriege gefallen war und seiner Witwe mehrere unerzogene Söhne hinterlassen hatte und diesen nichts als seine vom Munde abgesparte Bibliothek mit den Werken des Herrn Diderot, des Genossen Lenin und der Freunde der Freikörperkultur. Diese Söhne verdingten sich alle, soweit sie im Lande blieben, als Knechte, bei der Eisenbahn, am Reaktor oder am Journale; der unsere – nach abgebrochenem Schauspielstudium, einem beschaulichen Jahr als Filmvorführer, drei Semestern Physik, Monaten als Hilfsschlosser, Heizer, Erdarbeiter, Tagen (bzw. Nächten) als Abräumer in einem Ausflugslokale, Leichenbestatter, Nachtwächter und Spitzendreher – erlangte den Grad eines Pferdejungen und Reitebegleiters unseres Herrn. Demgemäß ritten sie zweisam durch den berliner Raum, zwischen die riesig zu-

sammengewachsenen Felder hin; und sie schlugen einen klaren Kurs ein, ein Tagessoll auf das Planziel zu, das, um es im Auge zu behalten, an jedem zweiten Ortseingange auf großen Tafeln eingetragen stand. (Eins vor allem wurde ihnen immer wieder ungelenk bedeutet: VORWÄRTS zu reiten, was ihnen sowie den Dienstpferden so ins Fleisch übergegangen war, daß sie auf die eigentliche Richtung wenig achteten.) Sie ritten also, genau wie gesagt, vorwärts und nahmen hin und wieder verstärkt den Dialog miteinander auf, wie er in vielen Leserzuschriften gefordert worden war. Allerdings erzählten sie sich nicht gerade ihre Liebesgeschichte, sie diskutierten die aktuelle Lage nach dem polnischen Erbfolgekriege, nach der Systematisierung der Botanik und der Vollendung des Bildes einer Köchin bei der Arbeit durch Chardin. Das heißt der Herr gab herzlich einen kurzen oder einen herzlich kurzen Überblick und ließ sich hernach über die aufgetretenen Meinungen informieren. So vertrieben sie sich die Zeit. Der Herr, ungeduldigen Gemüts, wenn er auf die agrarischen Zustände sah, gab seinem Tier einigemal die Sporen und preschte eine Viertelmeile voraus, bis die Leine riß, an der er den Knecht respektive der Knecht ihn hielt, der Herr mußte schäumend einhalten und kehrte mit gesenktem Kopfe zurück, er schämte sich für den unmutigen Burschen; sie einigten sich fürs nächste und knüpften die Bande wieder, und weiter ging es im Trott. So boten sie ein Bild des Friedens und der Einheit, und es ist keine literarische Finte, daß wir sie, solange der Weg einigermaßen glatt läuft, Freunde nennen. Sie waren es, es war ihr zweiter Beruf, zu welchem sich hierorts ein jeglicher qualifizierte, der im ersten bestehen wollte. In der Frühstückspause, die sie an einem demontierten aber fahnengeschmückten Wartehäuschen verbrachten, gewahrte der Herr abseitig in den Rieselfeldern ein Weib, in die Rüben gebückt. Vielmehr den Hintern dieser Person und die Waden, im Schlamme steckend; unwürdige Tätigkeit; der Herr erhob sich mit einem Ruck, um die Materie aufmerksamer zu betrachten, und tupfte mit der Manschette den Schweiß von der Stirn. Augenblicks begann er, in einem minder schulmäßigen Ton daherzutönen; er überließ dem Knecht den Rest seiner Biscuits, riß sich das Jabot vom Hals und lief, wie der Hahn über die Kohlen, in den Acker. Der Knecht sah ihm feierlich hinterher, er kannte diese Laune seines Herrn, er sah ihn die Initiative ergreifen, verlor ihn aber und das Weib am Waldsaum aus den Augen. Der Knecht schloß die Pferde aneinander und pirschte sich auf dem Schleichweg heran, er hörte den Herrn alsbald im Busche agitieren. Der Herr: „Hast du keine Lust? Das versteh ich nicht. Da *macht doch heute jede mit." Die Frau: „Ich bin nicht jede." – „Jede hätt ich auch nicht gefragt." Die Zweige knackten. „Hast du Angst? Das mußt du nicht. Es geht ganz langsam los. Da nimmt man Rücksicht." – „Und warum ich? Sucht euch eine Dumme." – „Dumm wärst du, wenn du dich zierst." Der Reitebegleiter schob sich näher heran. Die Frau: „Nein ... so mir nichts dir nichts – was sollen die Leute sagen." – „Welche Leute!" – „Im Dorf? Wenn sie es erfahren." – „Fang erst mal an, darüber reden wir später." – „Und mein Mann? Der sieht mich nicht mehr an." – „Das findet sich. Wenn er es nicht gestattet, mußt du ihn hintergehn. Was hast du sonst vom Leben." Der Knecht sog die Worte wie Sahne ein, sein Selbstbewußtsein schwoll an, er umarmte die Erde. Die Frau, ruppiger: „Laß, nicht doch ... du machst mich verrückt." Der Herr, heftig: „Ich krieg dich herum. So wie du gebaut bist –" – „Hör auf ... Ich kann nicht, hörst du, ach –" Der Herr schreiend: „Du liegst schief. Du weißt nicht, was gut ist. Beiß die Zähne zusammen." Die Frau stöhnte auf. Es war Butter auf des Knechts Seele. Sein Selbstbewußtsein juckte, sein Geltungsbedürfnis, er schubberte sich am Boden, es schlug Wurzel. „Du bringst mich noch soweit." – „Streng dich an. Mach mit. Hab ein Ziel vor den Augen." – „Ach du, ach, ha, ich ..." – „Du mußt die neue Technik meistern." Ein paar Düsenjäger knallten über den Himmel, die Pferde wieherten, Strauchdiebe hausten lärmend im Wartehäuschen. Der Knecht vernahm nichts mehr, er lag selig auf der Erde. Der Herr, schwer atmend, führte die Frau aus dem Gebüsch, sie stammelte erschöpft. Er hatte sie überzeugt. Er hatte das Menschenmögliche getan, sie würde den Lehrgang beginnen. So ein Gespräch am Rande, z. B. des Waldes, traf ins Zentrum aller Bemühungen im Land und war, bei ein klein wenig Achtung, immer zu leisten. Der Herr verabschiedete sich zufrieden, der Knecht umarmte die Person, sprach ihr Mut ein, leckte ihr die Hand. Sie stiegen auf die Pferde. Es mochte vieles alt aussehn in Preußen, sie selber miteinander antiquiert verkehren, aber dies war entschieden neu: diese Stellung der Frau, die in keinem westlichen Bilderheftchen beschrieben ist. Sie war keine Magd mehr, sie war so gut ein Mann wie jeder in der Planung, sie wurde gefördert zu ihrem Glück. Ein Liebesdienst, bei dem die Sozietät unendlich zu gewinnen hatte; er würde auf die Dauer, über alle Durststrecken weg, Preußen berühmt und mächtig machen unter den nacheifernden Völkern. Unter solchen erhebenden Erörterungen ritten sie in die Fabrik.*

Dieses Kapitel wünscht Verf. in Antiqua gesetzt, in Leder gebun-

den, mit Goldprägedruck, und möge es bei Göschen oder im Mitteldeutschen Verlage zur Frühjahrsmesse erscheinen.
Das beredete Weib blieb derweile breitbeinig am Feldrain sitzen. Es schien ihr im Kopf zu sausen, von mancherlei Einwendungen, die unsere Leser machen. Eins ist gewiß: wenn die Männer zurückritten eines Abends, würde sie ihnen in die Zügel greifen, dem einen oder dem andern, und sie wieder an den Rand zitieren. Denn ihre Neubegier war geweckt, sie würde mehr Dingen obliegen wollen als der Mechanei. Mit dem einen, falls sie ihn nicht unmutig fände, oder mit dem andern, oder mit beiden am Rande, wo ein Feld beginnt.

Sie fuhren also in die Fabrik. Die Pforte ließ den gemeldeten schwarzen Wagen durch, er stoppte erst in einem Schwarm weiß und blau bemäntelter Leute. Kunze öffnete (eh Hinze zufassen konnte) den Schlag, wurde willkommen geheißen und sogleich in den Verwaltungstrakt geführt. Das Fernere entzog sich Hinze, mit dem wir jetzt draußen bleiben, sicherheitshalber (denn unsere Leserschaft ist zahlreich, unkontrolliert und nicht durchweg zuständig) und weil das gesellschaftliche Interesse augenscheinlich mit dem individuellen übereinstimmt: eine Pause zu machen; wir teilen es, wir machen eine Pause in der wesentlichen Darstellung. Wir setzen uns in die Kantine; nur herein! die Stühle langen ohnehin nicht, obwohl für die verschiednen Bereiche Essenzeiten festgelegt sind und zur besseren Übersicht blaue, grüne, gelbe und rote Karten ausgegeben werden. Es ist eine alte Forderung des Staatsrats, mehr Farbe in den Alltag zu bringen. Hinze saß am Tisch, aber nicht auf dem Stuhl sondern auf der Heizung. So berührten seine Füße kaum den dreckigen Fußboden, und er hatte das besaute Fenster im Rücken. Wir trinken einen Kaffee und ahnen nicht, was vor sich geht im Werk. Wir wollen es nicht unbedingt wissen, nicht wahr? Vier Wahlessen: geschmorte Rippchen mit Sauerkraut, Kartoffeln und ein Apfel, 1,– M; Erbseneintopf mit Bockwurst und eine Mandarine, –,50 M; Zigeunergulasch, Kartoffeln und Krautsalat, 1,– M; Vanillenudeln mit Butter, Zucker und eine Banane, –,50 M. Hier ließ es sich leben. Hinze, vor die Entscheidung gestellt (was er nicht gewohnt war), rang sich zögernd zum Gulasch durch. Er stocherte in dem Resultat, das gefurchte bräunliche Gesicht auf eine Faust gestützt. Freiheit, wie schmeckst du? Wie kommt man auf den Geschmack? – Ich habe Pause, lieber Leser. – Wenn die Pause vorbei ist, hat Hinze nicht mehr die Freiheit, über die du jetzt schreiben könntest. – Sein Pech. – Dein Buch. – Mein Buch? Unsere Wirklichkeit, für eure Augen. – Dein Pech. – Freiheit, das ist Einsicht in die Notwendigkeit und dementsprechendes Verhalten. – Welche Notwendigkeit? Ob er Nudeln frißt oder Erbsen mit Vanillezucker, das ist gleich. – Die Notwendigkeit, zu *wählen* zwischen Erbsen, Vanillenudeln und Rippchen mit Sauerkraut. Die Notwendigkeit ist die Voraussetzung seiner Freiheit. – Nudeln, Erbsen, Gulasch ... O Freiheit! – Was soll das. – Ja, mach Pause. Es ist *dein* Buch. – Die Notwendigkeit verschwindet nicht, indem sie, durch einsichtiges Handeln, Freiheit wird, sie schmeckt durch. Der selbstgewählte Gulasch zieht ihren Geschmack an. Sieh, wie Hinze stochert, er frißt das Fleisch und stellt sich den Geschmack von Vanille und Erbsen vor, ein scheußliches Gemenge auf seiner Zunge. Er kann sich nicht entscheiden. – Die Freiheit ist eine Geschmacksfrage, wie. – Besser gesagt, eine Frage der Sachkenntnis. Je freier Hinzes Urteil in Beziehung auf das Menü, mit desto größerer Notwendigkeit wird der Inhalt seines Urteils, Nudeln, Erbsen, Gulasch, bestimmt sein; während die auf Unkenntnis beruhende Unsicherheit, die zwischen Erbsen, Nudeln und Rippchen scheinbar willkürlich wählt, eben dadurch ihre Unfreiheit beweist, ihr Beherrschtsein von dem Gegenstande – Von Nudeln und Gulasch? – Freiheit besteht in der auf Erkenntnis der Naturnotwendigkeit gegründeten Herrschaft über uns selbst und über – Und wenn er sich nun nicht beherrschen kann? Wenn er, aus irgendeinem Grund ... aber er macht es wirklich! Da, Hinze läuft wieder zur Essenausgabe und schnappt sich ... tatsächlich, eine Schüssel süße Nudeln und läßt die Banane in der Jacke verschwinden. – Das ist ein Freßsack, ein Genießer, er tanzt aus der Reihe – Es ist Hinze. Er war einfach nicht satt. – Das ist ein anderes Problem. – Wieso? – Wir diskutieren nicht über den Hunger sondern über die Philosophie. – Ja, die Philosophie ist richtig, sie ist die beste der Welt ... Und wenn er sich nun die Freiheit nimmt, von *allem* zu fressen, samt Apfel, Banane und Mandarine, aus welchem Grunde immer? – Das wäre sehr uneinsichtig. – Aber schön. Aber genüßlich. – So wäre er übersatt, aber niemals frei. Er beweist eben dadurch seine Unfreiheit, sein Beherrschtsein von dem Gegenstande, den er gerade beherrschen sollte! – Ich sage dir, Mensch ... es schmeckt *alles* nicht! Es muß gefressen werden. Das ist die Freiheit. Er hätte vielleicht viel lieber etwas anderes gegessen – Etwas anderes? Für fünfzig Pfennige, für eine Mark! – Das ist allerdings billig, und dieser Hunger ist gestillt; aber der andere Hunger – Welcher andere Hunger? – Den du nicht ewig mit einer Banane abspeisen kannst. – Ich? Die Küche. Welcher Hunger, Kerl? – Vielleicht sollte etwas ganz anderes auf den Tisch, wenn er schon wählen soll, wenn er schon die Freiheit hat ... Die richtige Philosophie erbittert ihn, regt ihn auf, weil es nicht das richtige Leben ist. – Was für ein Hunger? Dieser Vielfraß, dieser Nimmersatt, dieser unbeherrschte, dieser uneinsichtige Fantast! – Mach mal Pause. Nun mach aber eine Pause! – Hunger, ich versteh dich nicht. Aber wie siehst du aus, mein Leser, blaß und weiß – Mir ist schlecht vor Hunger ... – Was denn für ein Hunger?

Auf der Rückfahrt bemühte sich Kunze, gesprächig zu sein, den stundenlang abgesonderten Freund wenn nicht in seine Erfahrung, so doch in seine Stimmung einzubeziehen: sie war bestens. Schließlich, sie standen auf der selben Seite der allgemeinen Barrikade, nicht durch Geburt oder Besitz auf einen Posten genagelt; sie hätten ebensogut die Rollen tauschen können nach einiger Schulung oder bei Verwechslung der Kaderakten. Im Prinzip hätte Hinze Bescheid wissen dürfen. Kunze konnte ihm Anweisungen geben, die Hinze nicht billigen aber befolgen mußte, aber Hinze durfte den Laden durchschauen. Sie waren eigentlich gleiche Leute, Hut ab, einsichtig genug, es nicht auszunützen. Kunze fragte dementsprechend:
Hast du gegessen?
HINZE Ja, Zigeunergulasch mit Krautsalat.
KUNZE Ah, Gulasch, gut.
HINZE Und Vanillenudeln mit Butter und Zucker.
KUNZE Auch das ... Hast dich erholt.
HINZE Sodann geschmorte Rippchen, magst du einen Apfel? Erbsen mit Bockwurst.

KUNZE Das alles?
HINZE Es löffelt sich so weg. Und was hast *du* gekonnt?
KUNZE Das sind vier Portionen.
HINZE Halbe, sechs.
KUNZE Dann hast du gegessen, aber weißt von nichts.
HINZE Das steht mir zu.
KUNZE Und weißt nicht was sich tut!
HINZE Das Neue, wie. Es bricht sich Bahn.
Kunze beschloß, Hinze dumm sterben zu lassen. Das Volk, es ahnte nichts. Er fragte mild:
Auch die Erbsen noch?
HINZE Obwohl, neu ist es nicht ... Vor drei Jahren, ja – aber da sahn sie alt aus.
KUNZE Bananen hast du auch?
HINZE Das Neue kann nicht jeder alte Mensch anbringen. Es will auf neue Weise durchgesetzt sein. Das braucht Zeit, und manchmal ist dann das Neue am Neuen nur noch die Weise, wie es aufs Tapet kommt.
KUNZE Ich habe nämlich nichts gegessen, in der Hitze des Gefechts.
HINZE Aber ich gebe zu, die neue Weise ist mir wichtiger; Neues gibt es überall in der Welt, aber das Neue am Neuen, das ist, worauf es ankommt.
KUNZE Kürbisse, nein? Aber Mandarinen – (Er griff zu.)
HINZE Obwohl auch das Neue am Neuen oft alt aussieht. Es wird ein Vorschlag gemacht, er ist nicht durchgerechnet. Unbedarfte Arbeiter, da muß die Leitung ran, sie greift den Vorschlag auf, die Neuerung. Natürlich setzt sie ihn nicht durch, er vertut sich auf dem Dienstweg. Jetzt kommt das Neue am Neuen:
KUNZE (kauend:) Das hast du alles eingepackt? In der Kantine!
HINZE vorausgesetzt, es kommt ein hoher Besuch, in einer schwarzen Kalesche. Man reicht den Vorschlag wieder runter, wo er herkam, an die Basis, und der Arbeiter vom Dienst –
Kunze, baß erstaunt, legte die Wassermelone auf den Sitz zurück und fragte ernst:
In der Kantine, sagst du, warst du.
HINZE Wo sonst, es war kein Stuhl frei. Den Arbeiter, in seiner Wattehose, mit Bügelfalten, eben den man präpariert

hat, er ist übrigens Schlosser, unverheiratet, zwei Kinder, den trifft es ausgerechnet, der Besucher spricht ihn an.
KUNZE Und hast dort gegessen, mit wem?!
HINZE Nudeln, Erbsen, wie gesagt … Und fragt ihn, ob er Sorgen hat. Das trifft sich gut. Er hat da einen Vorschlag, schon lange. Die Leitung schweigt betreten, und der treffliche Gast –
KUNZE Jetzt will ich dir was sagen.
HINZE und das ist nun das Alte, der treffsichere Gast hat es geahnt, was sage ich, gefühlt, er fühlte mit der Klasse. Der Instinkt, auf den er sich verläßt, wenn er die Leitung präpariert, weil es beschloßne Sache ist, was die Klasse sagt, Moment –
KUNZE Aber das ist *auch* neu, Freund, daß sich der Leiter –
HINZE Moment, die Nudeln – (er griff sich an den Hals.) Auch neu, wie?
KUNZE Daß er sich davon leiten läßt, daß er zu ihr gehört – daß man sich einig ist!
HINZE Dann ist es das Neue vom Neuen am Neuen, das begrüße ich. Ehrlich, das gefällt mir, wir sind uns einig. Pardon (er krümmte sich), die Erbsen, pardon! o pardon –

Hinze fuhr sehr schnell, es ging ihm nicht gut; und indem er sehr schnell fuhr, ging es auch Kunze bald nicht gut, und obwohl es Kunze bald nicht gut ging, ersuchte er Hinze, sehr schnell zu fahren: er fühlte, je näher sie Berlin kamen, einen Anfall nahen. Beiden stand der helle Schweiß auf der Stirn, dem einen drückte es im Leib, dem andern in der Brust, und beide wünschten sich sehnlich ins Quartier, und beide in dasselbe. Es lag dann nahe, sie hielten in der Lottumstraße an. Hinze flog in das dunkle Haus hinauf und schloß sich auf halber Treppe ein. Kunze stieg langsam höher, sein Herz schlug ungeregelt, die Haut über den Knien prickelte. Er stand schnaufend vor dem Portal, roter Mohn auf dem gelben Glas, unten ein feuchter Hader. Die Tür ging auf: Lisa (sie war auf das Wagengeräusch geeicht) – sie prallte zurück, sie hatte nur ein Handtuch vor dem Leib, ein Fußhandtuch von kleinen Maßen; sie schlug die Tür zu. Aber öffnete gleich wieder:
Also, rin oder wat?

Kunze deutete ins Treppenhaus, wo Hinze verblieben war, Lisa machte kehrt in die Küche, das Tüchlein noch vorn, während Kunze hinter ihr hersah aus dem engen Flur. Rohe Sitten im Altbau. Das badet in der Schüssel. Man läßt ihn einfach stehn! Der is schonn wieder da. Een anhänglicher Bursche. Meinswejen. Der Flur war hell getüncht, leere alte Bilderrahmen an der Wand: soll hier eine Galerie entstehn? Kunze bestaunte diese Initiative, von der niemand wußte. Diese Häuser sahen innen besser aus als draußen. Was den Bürger unmittelbar anging, schien besser instand als das Großeganze, für das keiner verantwortlich war: das bröckelte so ab. Die Fassade weg, der nackte Staat, aber es war da mehr als es schien. Das lebte ein Leben. Inoffiziell; und Kunze war *anfällig*, eine bedenkliche Schwäche. Endlich kam jemand, Lisa natürlich, in meiner Kittelschürze, mach ick mir nischt draus, det is mich eejal, sie führte ihn in die Stube. Er ließ sich am Tisch nieder, ihn schwindelte. Sie roch nach Scheuersand. Der sitzt stille wie in de Vasammlung. Abjerichtet. Sie setzte sich vor ihn, er musterte sie ungeniert. Kleine, mausschnelle Augen, er gefiel ihr, der glatte runde Kopf, die kräuslige Wolle drang aus dem Kragen und den Ärmeln, glänzte silbrig. Sie wollte etwas Freundliches sagen.

LISA (kratzig:) Wie jeht et, großer Chef? Jut regiert?

Kunze fuhr sich übers Gesicht, eine fremde kalte Haut, borstig und naß. Er wollte sie wegscharren, es knisterte im Schädel. Er preßte die Hand auf die Backenknochen und griente zu Lisa auf. Sie fühlte sich wohl, sie blickte finster. Sie begann stumm das Gespräch, sie hatte Lust dazu, der is wer, der weeß wat er will. Und sie mochte sich gerade. Ick nehm mir, wat ick brauch. Ick warte nich ufn Sejen. Ick such et mir aus. In seinen Ohren schwappte heißes Wasser. Er bohrte den Zeigefinger hinein. Er starrte auf diesen breiten Mund, der lautlos zwei Lippen riskierte. Mein Leben is meine Sache, mein Eijentum. Det verpacht ick nich. Un wenn det ausjebeutet wird, denn von mir. Ick bestimm mir selbst, det wat ick will. Was denkt sie sich, mir ins Gesicht. Die braucht mich nicht. Sie lebt ohne mich. Er rang nach Luft. Oder de Arbeit: wenn mir eener jefällt, denn bedien ick den. Wer mir dumm kommt oder arrojant, kann sinn, den laß ick stehn. Da jeht der Job nich durch de Maschine.

Da tu ick fein. Sie zog ein mondänes Gesicht. Kunze stöhnte, ein dumpfer röhrender Laut, auf den er verblüfft lauschte. Welcher Schelm machte sich in ihm breit, vor Publikum. Er griente wieder, er hob sacht die Hände. Een Mann, wenn ick den will, denn will ick allet. Aber det muß er ooch. Der muß aus sich raus mitn Kopp, wo er an *sich* denkt. Der muß mir sehn. Kunze blickte auf seine Fäuste nieder, die plump auf dem Tisch lagerten. Aber det seh ick nie. Det will ick sehn. Sie warf den Kopf zurück und strich die gelbe Strähne aus dem Auge, sie lächelte plötzlich mit breitem, erst weit außen ein wenig hochgezurrtem Mund. In Kunze trommelte der Kerl vor Freude, er zischte ihn bescheiden nieder. Lisa fragte:
Is dir nich jut?
Das Du schockierte ihn, er stöhnte wieder, es ging etwas in ihm los, ein Hirsch wuchtete durchs Unterholz. Kunze sackte auf den Tisch. Lisa ergriff seine Arme und zog sie über die Platte, um ihn zu befestigen. Seine peinlich weißen Hände ruhten vor ihrer Brust. Er saß im Block. Er rief:
Was siehst du mich so provozierend an!
Er sah sich nach Unterstützung um, aber Hinze kam nicht, der erscheint nicht, der sitzt auf dem Lokus fest. Lisa lachte los. Da brach seine Krankheit aus. Er stemmte sich hoch griff nach Lisas Hand taumelte an die Wand riß Lisa auf das Sofa. Lisa lachte noch, er riß sich das Hemd auf die Krawatte weg das Prickeln unter der Schädeldecke die zärtlichste Empfindung für diese junge für diese unbefangne für diese Liebste überschwemmte ihn er griff um ihren Körper ihr warmer Rücken ihr Atem er befahl:
Komm los hopp hopp!
in dem gewohnten Ton er erschrak: wenn er den Mund aufmachte blöde Worte Kommandos aus seiner Zentrale er kniff das Gesicht zusammen als könne er es nach innen ziehen stülpen verschlucken die Lippen Backen Augen sich selber ausschließen! du bist ausgeschlossen gestrichen die Mitgliedschaft ruht! Sie schrie er hielt ihr den Mund zu sie stierte in diese Visage, er hielt sie von sich weg ein Brett in seinen Händen ließ es fallen sprang auf. Lisa lag hingestreckt, der Kopf in einem Kissen, ihr Körper bebte. Weint die, die lacht?
Lisa Aber die Schweine, die Schweine!

Hinze war aufs Stichwort da, mit baumelnden Hosenträgern. Er schien nicht sonderlich erleichtert. Er belegte das Sofa mit einem schweren Blick, stand vor dem umgerissenen Tisch, die Faust am Hintern geballt. Man hielt eine Art Andacht. Lisa strich ihren Kittel glatt, Kunze faltete die fahrigen Hände. Er psalmodierte:
Siehe, er ist auferstanden von den Koten –
LISA Wir dachten schonn, du kommst nich mehr.
HINZE (die Mundwinkel herabgezogen: lächelnd:) Das könnte dir passen.
LISA Wat machste denn dort unten.
HINZE Was soll ich machen.
Sie sah ihn auf einmal aufmerksam an. Ein winziger Schreck, sie merkte es nur an ihren Augen, die groß wurden. Was *soll* ich machen? Der Mann war ihr unheimlich.
HINZE Auf dem Hof, Wasser holen, die Spülung ist defekt.
LISA Scheiße.
Auf das Wort einigte man sich stumm, jedenfalls fiel lange kein anderes. Die Männer schienen zu leiden, die trockne Luft; Lisa brachte vier Flaschen Helles und öffnete sie sämtlich. Die Männer stießen mit den Gläsern an wie Stiere mit den Hörnern. Sie wischten sich den Schaum vom Maul, schnoben vor sich hin. Lisa mußte Blicke machen, für beide oder für sich. Das war mühselig, lieber das Gesicht verlieren. Sie schnitt eins nach dem andern: spitze Lippen, breiter Mund, schiefer Mund. Die Stiere stierten vorbei. Meine Frau meine Frau meine Frau meine Frau (zwei Seiten lang, oder länger, so weit Hinze denken konnte), meine meine Frau Frau bin ich nun verheiratet oder was? Platz da! (aber wir kennen den Text, wir haben ihn alle gelernt.) Er trank. Vor diesem Luder zähl ich nicht, nicht mehr als mein Fahrer (Kunze: heiter dem Gedanken nach). Wir sind gleich. Sie ist eine fantastische Frau, eine utopische Körperschaft, wer ihr nahe kommt wird ausgezogen, seiner *Würde* entkleidet, fliegt glatt aus dem Amt, der findet sich in der Masse wieder und kann anstehn vor dem Fleischerladen Platzkartenschalter Wohnungsamt, mit der laufenden Nummer! Er trank. Wat wolln die denn. Wat is denn hier los? Wat hab ick davon.
Lisa wußte kein Gesicht mehr zu machen. Sie ging hinaus

und kam mit einer kleinen Schüssel wieder. Band ein Handtuch um das Haar und begann, eine dicke Paste auf die Stirn zu pinseln. Kunze sah ängstlich zu, wie sie abhanden kam. Beide *gleich*, aber wer kann landen? Jetzt feixte sie den einen und den andern an, und pappte den Schlamm ins Gesicht, über die Wangen, über das Kinn. Meine Frau ist meine Frau ist meine Frau. Wenn Lisa mich wählt – sie, von unten sozusagen, unter so vielen Kandidaten mich, wählt als den Einen, dann bin ich gemeint, Kunze, der wahre Volksvertreter. Jetzt schloß sie die Augen und überstrich die Lider. Kunze trank Hinze heftig zu. Blieb noch der Mund, grellrot aus der weißen Maske. Er öffnete sich weit. Also wer?
LISA Bei bei, ihr beiden.
Sie stand auf, mit starrem Antlitz, tappte, mit hängenden Schultern, aus dem Raum. Kunze wollte sich Hinze erheben, schlingerten, saßen schon wieder. Hielten die Gläser fest. Es war augenblicklich klar, daß Hinze Kunze nicht fahren konnte. Lisas Schuld! was hat sie sich gedacht?
Was immer die Leute in der Lottumstraße sagten, sie wußten nichts. Soviel stand fest: Lisa wollte *leben*, aber ob sie lebte, wußten all die Schwätzer in der Christinen, in der Angermünder, in der Wilhelm-Pieck-Straße, wußten sie alle nicht.
Man trank auf den Schreck, Eisklaren aus dem Tiefkühlfach.
KUNZE Wir gehen schlecht mit den Frauen um.
HINZE Du meinst, wir sollten sie besser umgehn.
Sie lachten lallend.
KUNZE Wir sollten weniger Rücksicht nehmen ...
HINZE Das wäre ungerecht. Sie arbeiten doppelt, sie verdienen, daß man sie rücksichtsvoll behandelt, das kostet nichts.
KUNZE Ich meine, Rücksicht auf uns. Wir wollen uns nicht zu nahe treten, so kommen wir ihnen nicht näher.
HINZE Wohin willst du noch.
KUNZE Wo sind wir denn. Wir denken an uns ...
HINZE Da wär doch was erreicht.
KUNZE und nicht an sie. (Eisklar:) Noch mal dasselbe, mit der andern Hälfte, der Menschheit, verstehst du, und du kannst den Planeten vergessen. Ich kann mich vergessen.

Rücksichtslos. (Er griff Hinze am Hemd, hielt ihn fest.) Vergiß dich.
HINZE Gerne.
KUNZE Du sollst dich vergessen! (Er rüttelte ihn.)
HINZE Was fällt dir ein!
KUNZE Deine Frau. Deine Frau – (Er lachte.)
HINZE Freilich, was willst du.
KUNZE Ist sie nicht! Das läßt du nicht zu. (Schlug Hinze an den Hals.) Ein fremder Mensch ist sie. Wie du und ich.
HINZE (schlug zurück:) Ein Mensch wie du und ich.
KUNZE (fiel Hinze in den Arm:) Wir müssen uns kümmern.
HINZE *Du* willst dich um sie kümmern, wie.
KUNZE Um uns, um uns.
HINZE (zerknirscht:) Gut. Ich seh es ein ... Schlaf mit ihr. Ich bitte dich, geh zu ihr. Schlaf mit ihr.
KUNZE (verblüfft:) Ach, was, das. Warum *das*. Doch nicht das! Geh du.
Hinze sah den dicken Freund erbittert an. Das will er nicht! was dann? Was sucht er bei den Frauen? Wozu braucht er sie? Was war das für ein Mensch. Hinze blieb grübelnd sitzen. Kunze vermochte ihn nicht, ins Bett zu gehn, er hockte sich besorgt neben den kleinen zerfurchten Bruder. Sie saßen bis zum Morgen, sie begriffen sich nicht, ich begreife es nicht, so blieben sie beieinander.

Zur eigentlichen Handlung zurück. Diese mag planlos scheinen, das kommt davon, daß wir sie nicht kaschieren. Es war eben noch Frühling, in meinem Plan, die Realität auf dem Papier sieht anders aus. Schnee fiel, Mitte Januar. Ein Feiertag steht mir bevor. Wir sind im Rückstand, das ganze Thema ist veraltet; wir müssen es abarbeiten. Kunze war bereit, seine Gesundheit schien gefestigt, er war wieder auf dem Posten. Er konnte zusagen, auf der Tribüne zu erscheinen. (Ah, fängt er wieder *davon* an! – Ich sage doch, ein veraltetes Thema. – Schluß damit! – Genosse, wir können es kurz machen. „Auf der vierundzwanzigstöckigen Tribüne, die aus dem Holz zweier mittlerer Wälder errichtet wurde, hat sich am Morgen des 1. Mai das Volk versammelt. Um 10 beginnt die Demonstration, marschieren die Mitglieder und Kandidaten des Politbüros, gefolgt von der

Regierung, an der dreihunderttausendköpfigen Menge vorüber. Jubel kommt auf ... Um 10 Uhr 2 verkündet ein Lautsprecher: die Demonstration ist beendet." – Das ist Poesie. – Ja, das kann uns helfen. – Wir fragen uns, wem damit geholfen ist. Wir fragen uns, ob du dir überhaupt helfen lassen willst. Wir fragen uns, ob dir noch zu helfen ist! – Gewiß nicht. – Hier diskutieren wir nicht weiter. – Richtig, lesen wir.) Hinze fuhr Kunze am 15. Januar morgens zum Stellplatz, und Kunze marschierte weit vorn im großen Zug nach Friedrichsfelde hinaus, Hinze weit hinten. Kunze wurde von einigen gesunden Männern begrüßt und auf die niedrige steinerne Empore geführt, wo er in der vierten Reihe Aufstellung nahm, zwischen zumeist älteren, ungesunden Herrn, die (Walz es nicht breit. – So vier Stunden, ja?) Die Stunden vergingen. (Gut so.) Am nächsten Tag – Ich habe etwas vergessen ... (Was denn noch!) Aber wie erklär ich das, was ich nicht begreife, die Hauptsache also ... (Woran fehlts denn?) An Frauen zunächst, auf der Tribüne, und unten strömten sie vorbei. Damit fing das an ... Zwar standen auch ein paar bei den Tribunen, pelzverpackt, aber mit ihnen hatte Kunze nichts im Sinn. (Na, zur Sache.) Sagen wir, sie trösteten ihn nicht. Er hatte einen Hang zum ... Niederen (Zum Volk, natürlich. Das ist recht. Deshalb stand er hier, Volk und Führung brüderlich ge-). Er sah die hellen schönen faden fröhlichen Gesichter, die rotgefrornen Beine, es war (Der ist einfach pervers.) es war eine Qual. (Unbegreiflich. – Wie gesagt; das beschreib ich gern.) Eine Qual für *ihn,* nicht für die Berufs-, die jedes Jahr, man gewöhnt sich an alles, beim ersten Mal tut es noch, die hauptamtlichen Revolutionäre, aber beim zehnten Mal, die immer oben stehn, würde ihnen etwas fehlen. (Laßt ihn reden. Dann haben wirs schriftlich.) Hinze, Hinze ging es gut, Hinze ging eingehakt, schätzungsweise, mit zwei Busfahrerinnen. (Er weicht aus, er drückt sich.) Es war die einzige Demonstration, vor der er sich nicht drückte: zum Grab von Karl und Rosa. Kunze stand schon auf der reservierten Stätte. Er sah auf die Lebenden aus der Umfriedung. Es war den Gesichtern anzusehen, daß etwas mitzog im Zug, die Novembertoten. Sie lagen eine Weile auch unter der Tribüne, aber nicht lange. Kunze spürte schnell, daß es sie da nicht hielt. Je mehr Volk vorüberzog, desto beweglicher wurden ihre Schulterknochen, sie reckten die Schädel auf, schleuderten die Gebeine. Sie schlotterten aus den Gräbern hervor, sie mischten sich in die Menge. Sie machten mit der Menge einen Gang. Sie beäugten aus den leeren Augenhöhlen das Neue Berlin, die Blocks an der Frankfurter Allee, die volkseigenen Schlote. Sie staunten vermutlich nicht schlecht, sie grinsten, sie witzelten schamlos. Kunze sah sie genau, kinderleichte Gespenster, sie hinkten atemlos mit. Alte Arbeiter, mit glänzenden Augen, stützten die füsilierten Matrosen, Sekretärinnen, an Fahnenstangen geklemmt, schoben die Zerschmetterten unauffällig vorwärts. Und sie waren jung! Kunze sah seinen Großvater, einen schmalen Burschen mit einem Loch in der Brust, den es am Spittelmarkt erwischt hatte beim Trip ins Zeitungsviertel, er schwenkte übermütig ein Transparent: MIT DER MIKROELEKTRONIK IN DEN KOMMUNISMUS. Er war Setzer im Mosse-Konzern gewesen, Kunze hatte ihn mit Bebelbart und Vatermörder im Gedächtnis, eine Kopfgeburt aus dem Parteilehrjahr. Kunze hätte unterdessen der Vater seines Großvaters sein können, mit seiner eifrigen Klugheit, seiner *Kampferfahrung*, seiner historischen Geduld, seiner sogenannten politischen Reife. Der Großvater selig aber schielte zu dem stämmigen Enkel herauf, er erkannte ihn, er schwenkte die Waffe vor den Knien. Die Waffe war ein Katapult aus vierfachem Einweckgummi, er bückte sich nach einem spitzen Stein und glitt hinter ein großes Porträt von Rosa. Kunze hielt es für möglich, daß der Junge auf ihn zielte, er winkte rascher mit der erhobnen weißen Hand und fühlte plötzlich den Schmerz im Ballen, ein roter Riß im Fleisch, oder von den Fingernägeln gegraben. So ein Halbstarker, so ein Hungerleider, Straßenjunge, Revoluzzer! Kunze sah seine blutende Hand an und schloß sie wieder zur Faust. Die Umstehenden hatten nichts bemerkt. Sie schienen nicht zu ahnen, was hier passierte, mit ihrer Billigung, von ihnen organisiert! Die Unreifen, die Ungeduldigen, die blutigen Laien des Anbeginns, die Spontaneitätstheoretiker spukten in den Köpfen. Attentäter! Sie zogen hier herum, in Friedrichsfelde, am Vormittag des 15. Januar, und machten Rabatz auf dem Friedhof. Luxemburgismus, staatsgefährdende Umtriebe. Märzaktionen, die Weltrevolution! Ohne Direktive, ohne Absicherung, das

Kräfteverhältnis verletzend, nicht auf dem Dienstweg. Und sie hatten die Massen! Sie sangen die alten Lieder, und die Menge sang mit, die da unten, hingerissen von einigen zurückgebliebenen Gerippen, die die Welt nicht mehr verstehn. Kunze ergriff ein Zorn. Er stand abgesperrt von dem Treiben, er konnte es nicht steuern, er forderte es womöglich heraus. Nur weil er hier stand; er brachte sie auf Gedanken. Es war eine Provokation, er konnte sie nicht vereiteln. Sie provozierte ihn selbst. Er hörte sich auf einmal singen, mit lauter klarer Stimme:
Wann wir schreiten Seit an Seit.
Die Umstehenden wandten sich zu ihm hin und sahn belustigt, dann verständnislos zu. Er sang trotzig weiter, mit größtmöglicher Lautstärke, um das gutgemeinte Gemurmel nicht zu hören. Er schloß fest die Augen und sang den irren Text:

Wann wir schreiten Seit an Seit
Und die alten Lieder singen
Und die Wälder widerklingen
Fühlen wir, es muß gelingen:
Mit uns zieht die neue Zeit
Mit uns zieht die neue Zeit.

Einer Woche Hammerschlag
Einer Woche Häuserquadern
Zittern noch in unsern Adern
Aber keiner wagt zu hadern
Herrlich lacht der Sonnentag
Herrlich lacht der Sonnentag.

Die Tränen rannen ihm über das glatte Gesicht, er grölte aus voller Brust; man packte ihn an den Armen und zog ihn zur Seite, riß ihn hinten von der Empore herab. Er kniete mit geschlossenen Augen im Schnee und lachte, lachte lautlos wie ein Toter, wie ein Maiplakat, wie ein glückliches Kind.

Die Frage nach dem gesellschaftlichen Interesse ist zweifellos die fruchtbarste für die Literatur, und ich finde es wohltuend und ermutigend, daß sie immer wieder gestellt wird.

Dies kommt mir nicht von ungefähr in den Sinn. Ich habe es mit der Buttermilch eingesogen in den Hungerjahren. Glückliche Umstände, die mich bildeten, unter denen auch der abstrakte Begriff, mangels greifbarer Dinge, materielle Wucht bekam. Die Gesellschaft, ein armes aber gesprächiges Luder, saß immer mit am Tisch (wie jetzt am Schreibtisch), sie verlangte, daß man an sich selbst dachte, indem man an sie dachte, indem man an sich dachte; es wurde nur problematisch, wo sie einem das Denken abnahm. Da stimmte dann alles in der Stube überein, nur man stand draußen. Aber ich verplaudere mich. Die Literatur ist eine Angelegenheit des Volkes, sagt Kafka. Es lebt, genauer: es lebe die Übereinstimmung der persönlichen und gesellschaftlichen Interessen, ich erkläre mich damit einverstanden.

Am nächsten Tag ... aber so schreitet die eigentliche Wirklichkeit nicht voran. Am nächsten Gründungstag, einem schönen Tag im Juni

(*Natürlich* gab es auch Erscheinungen, die sich schwer einordnen lassen. Durchschnittliche Vorgänge, wo man nicht durchsah und es entsprechend schwierig ist, sie zu beschreiben. Es ist nicht mangelnder Bereitschaft geschuldet, wenn die Darstellung verwirrend wirkt und der gesellschaftliche/der persönliche Nutzen nicht auf der Hand liegen wird sondern darunter. Unter der Hand! warum kann ich sie nicht davon lassen?)

An einem schönen Tag im Juni erhielt der Schofför H. von seinem Vorgesetzten K. den Auftrag, ihn zu einer, nicht näher beredeten, Veranstaltung zu fahren. H. steuerte den großen schwarzen Wagen ruhig durch den nachlassenden Verkehr und hielt vor einem nicht sehr herrschaftlichen Gebäude, dessen Fenster hell erleuchtet waren. H. wandte sich, möglicher Weisungen gewärtig, zu dem Vorgesetzten um; der duckte sich und spreizte die Finger beider Hände zum Zeichen des Bedauerns, alles Weiteren allein teilhaft zu werden. H. grinste kameradschaftlich, stieg rasch aus, um ihm den Schlag zu öffnen, aber K. kam ihm wie immer zuvor und wippte seinen massigen Körper gelenkig ins Freie. Augenblicks hatte er H. vergessen und war mit andern Angekommnen im Geplänkel, bezirklichen Größen,

die H. aus der Ferne der Medien vertraut waren. Es fuhren auch kirchliche Würdenträger vor, flatterten schwarz aus den Schlägen und schritten geneigten Hauptes hinan. H. parkte den Wagen in der Nebenstraße, lehnte sich an das blanke Blech und genoß die reine Abendluft. Es dunkelte allmählich; die Zeit floß nicht; H. beobachtete gelangweilt die scheinbaren Spaziergänger, die paarweise ums Karree gingen und sich nichts zu sagen hatten.
Zu vorgerückter Stunde, H. hatte sich der Kühle wegen in den Wagen gelegt, erschien ein junger Mensch am Fenster und trommelte mit den Fingern unverschämt aufs Dach. H. setzte sich sehr langsam auf und kurbelte millimeterweise die Scheibe herunter. „Na wirds bald, bissel dalli!" sagte der Mensch, und H. legte den Arm ins Fenster, dann den Kopf auf den Arm und lugte mit aufgeworfnen Lippen heraus. Er hob den Blick aber nur bis zum Hals dieses Kommandierers, wo ein Beffchen befestigt war oder was der Art es war. Offenbar ein Mitarbeiter der veranstaltenden Partei, den der Teufel ritt. H. fragte gedehnt: „Worum gehts denn?"

(Den längeren Schluß des Kapitels habe ich begreiflicherweise unterdrückt.)

Es erhebt sich die Frage, ich mache mir nichts vor, ob wir die Literatur als Angelegenheit des Volkes *wollen* oder als Verschlußsache. Ich habe kein persönliches Interesse an dieser Story, aber vielleicht der eine oder andere, und dieses mag mit dem gesellschaftlichen Interesse kollidieren. Ich kann das nicht ein für allemal entscheiden. Dem Furchtsamen rauschen alle Blätter. Auch in der Schublade. Ein so hohes Ding wie das gesellschaftliche Interesse muß man von unten ansehn, aus Respekt; und bei dieser Gelegenheit fällt mir ein: daß überhaupt die höchsten Vorgänge nicht niedrig genug vorzustellen sind ... *Die Übereinstimmung* – dies einmal zu zitieren gewagt – *ist nichts ein für allemal Gegebenes. Sie befindet sich im Prozeß der Höherentwicklung, in dem ständig Widersprüche auftreten und überwunden werden müssen.* (Verlagslizenz Nr. 433 130/76/76)

Kunze hatte oft das ungute Gefühl, daß Hinze sich wenig Gedanken machte. Man fuhr (in die Lotterstraße), Hinze wußte nicht wohin, man machte Andeutungen, man suchte

die Auseinandersetzung, der Kerl war wie Watte. Man deutete Schwierigkeiten an, der Kerl brummte: Du machst das schon, oder: Es wird schon gehn. Er trug, gerade in brenzligen Situationen, einen provozierenden Optimismus zur Schau, den er unmittelbar der Zeitung entnahm, die er, in den Wartestunden, durchgekaut hatte. Kunze versuchte ihn aufzufitzen, er saß am Küchentisch, Lisa kochte Kaffee, Kunze gab jovial ein paar Kenndaten preis. Hinze murmelte etwas zwischen den Zähnen: man befinde sich im Einklang mit dem Gang der Geschichte usw., als wolle er zu verstehen geben, daß er das, was immer kommen werde, von Kunze verlange. Der war aber entschlossen, Hinze einzuspannen. Gerade hier in der Küche war er auf ihn angewiesen, auf seine Bereitschaft, aber Hinze dachte sich nichts. Der saß da in seiner heilen Welt und löste Kreuzworträtsel. Der ging soweit, Lisa über das Haar zu streicheln und über Benzinpreise zu faseln. Er setzte seine Interessen durch, das ahnte Kunze längst; man konnte dem Schurken aber nichts nachweisen. Er kam in seinen Äußerungen nicht auf den Punkt, wollte schon gar nicht auffallen mit dummen Gedanken, aber freilich dachte es in ihm.
Darauf konnte man keine Rücksicht nehmen. Kunze beschloß, über die Köpfe hinweg zu handeln.
KUNZE Unser Thema neulich –
HINZE Kann ich mich nicht entsinnen.
KUNZE Daß wir uns, weißt du, kümmern sollten –
HINZE Als wir betrunken waren?
KUNZE Dein Angebot, es war gewiß ein Scherz.
LISA Wat for een Anjebot?
HINZE Was für ein Angebot?
Lisa merkte, wie sich ihre Augen weiteten, sie gingen einfach auf. Sie ruhten auf diesem mageren spillrigen Mann, mit dem sie die Wohnung teilte; den sie doch kannte sie ihn? Der plötzlich verfiel (in ein Schweigen, in einen lustigen Ton, in ein fahriges Gehabe); verfiel: dachte sie, der is dem verfallen, der is verfallen, nischt mehr da. Een jelbet kniffliges Jesicht. Grinst, duckt sich. Grinst immer noch, der Schuft. Der kuscht, der leckt den Wagen. Der braucht det. Der macht et mit.
LISA Wat for een Anjebot?
KUNZE Ein Scherz natürlich.

Er lachte, Hinze lachte herzlich mit. Lisa stemmte die Fäuste auf den Tisch.

Lisa Wat habt ihr ausjeheckt?

Hinze lachte nun noch mehr.

Lisa Kannstet nich sachen?

Hinze Nein. Entschuldige, nein. Ein Spaß.

Lisa Uff meine Kosten. Wo ich et nich weeß. (Sie schlug eine flache Hand auf den Tisch.) Mit solche Dinge scherzt man nich. Hinaus.

Hinze Ich?

Lisa (schrie außer sich:) Hinaus!

Hinze (zu Kunze:) Aber –

Kunze Ich hab Zeit.

Kunze sah nicht von seiner Tasse auf. Er ließ ihn gehn. Hinze schlich in den Flur, der ließ ihn gehn! nahm seine Mütze, warf die Tür ins Schloß.

Das Thema schien für Lisa nicht beendet, Kunze konnte es vergessen. Er saß versonnen im Sessel, betrachtete ihr gerötetes Gesicht, ihre Füße, sie schleuderte die Pantinen weg. Er vergaß sich; er streifte gedankenlos die Schuhe ab die Fußspitze gegen den Absatz gedrückt die Socken aus und ließ seine kurzen Zehen in die Luft. Lisa gluckste überrascht. Er nahm es trotzig wahr preßte seine Lippen wie zwei kleine Leiber zusammen schob sie fröhlich vor setzte die nackten Füße auf die Dielen. Lisa wich nicht aus. Sie hatte an dieser Minute nichts auszusetzen. Sollte er drauflos leben los auf sie los! Und tun *was ihm beliebt* liebt liebt er sie? Sie stand die Arme steif am Körper, kein Schritt entgegen. Er legte die Hände vors Gesicht lachte leise hinein der Leib schlackerte. Was nun? Welcher Weg dieser Meter durch den Beton. Er ließ die Hände fallen seine ihre Stirn hieben gegeneinander. Sie hielten sich aus. Seine ihre Adern zwei Sträucher die ineinanderschlugen mit den Ästlein. Die sich sachte umschlangen in den Kuppen. Einer den andern! Kunze hielt still wagte keinen Wind zu machen. Aber der Boden hielt, republikweit unter den Füßen leergeräumt ohne Plan Weisung Vollmacht Bericht. Der Schrecken noch in den Gliedern, die Angst. Er pfiff, er verzog das Gesicht wie ein Clown, um nicht zu jubeln.

Lisa spürte die Grimasse, fuhr zurück; und war auf einmal stolz, daß er sich so gehenließ. Der spielte keine Rolle

mehr: er war es selber. Der zeigte sich ihr. Das öffnete ihr die Läden! Ein Zutraun überschwemmte sie, eine Vertraulichkeit: nach der man sonst anstehn mußte! Das kam frei Haus, in weiß was für Hände. Ihr wurde heiß, sie griff an sich herum, das Haar, das Kleid. Er konnte sich bedienen, zugreifen mit den Augen. Es war nun alles möglich.
Aber sie verriet es nicht.
Sie konnte nur, mit mürrischer Miene, in die Stube gehn. Jetzt sah er alles an, als wollte er einziehn. Gebrauchte Möbel, ein billiges Radio, Plattenspieler auf dem Fußboden. Die Bücher in rohen Holzregalen: von Hinze gebastelt. Ein bißchen ärmlich, für unser Lebensniveau. Die Liege wurde ein Bett unter Lisas Händen, widerlich aber eine Platzfrage, das Wohnungsproblem soll bis 1990, die Sorge um den Menschen. Er lag aber gut, sie steif neben ihm.
LISA Willste nich endlich jehn?
Er hörte nicht darauf; er hörte Stimmen. HIER IST DER SENDER FREIES BERLIN. Kunze richtete sich auf. Das Fenster stand offen: ein Hinterhof. Kunze observierte, mit grausendem Interesse, die unerwartete Umwelt. Dunkle fleckige Häuser, Balkons zum Absturz bereit, auf denen alte Ehepaare saßen, Karten spielten, oder das glotzte aus Fensterhöhlen berieselt vom Gegner schamlos in die Nähe. Ziegelwände wie rohes Fleisch. Zwei gestutzte und buschig wieder ausbrechende Bäume. Angesammeltes Volk über den Rabatten dem Sperrmüll den Schuppendächern unbekümmert debattierend, wenn nicht überhaupt der Feind. Das hielt die Wäsche raus den Streit die Fernsehstrippe: HIER IST DAS DEUTSCHE FERNSEHEN MIT DER TAGESSCHAU. Er legte sich abgespannt lang.
LISA Scheen, det Leben hier.
Kunze hangelte nach dem Fenster:
Ein Lärm. Die haben Nerven –
LISA (zickig:) Det laß uff. Jenieß det mal.
Er setzte seine Fingerkuppen auf ihre Wange, es tat ihr wohl, sie tat nicht dergleichen. Er zog seinen Blick wieder brüsk ins Fenster. Da wurde ihm bewußt: die Liege war einsehbar. Er lag hier im Blickfeld, für mindestens vier Fenster des Seitenflügels, in denen zwar keiner zu entdecken aber eine Schar von Beobachtern zu vermuten war. Lisa schien nicht daran zu denken, oder was machte sie mit ihm? Auf

dem Präsentierbett. Er nahm die Hand zurück. Alles offen, kommunal, öffentlich. Er versuchte, normal mit ihr zu reden.
Lisa Wat wiste denn? Man kennt sich. In alle Lebenslagen.
Kunze auf dem Pfuhl fror; er schlug die Decke über den Anblick, verschränkte ordentlich die Arme.
Als es dunkel wurde, hatte er es eilig. Nicht daß er Hinze einer Flegelei für fähig hielt, man konnte ja diskutieren. Aber er hatte jetzt den Eindruck (Lisa sah in prüfend aus schwarzen Schlitzen an), daß diese Sache, die manche machten, hier erwartet wurde. Falls dem so war, durfte er die in ihn gesetzten Erwartungen nicht enttäuschen. Er ließ die nächsten Nachrichten vorbei, Warnstreiks in Südwürttemberg die Sozialisten Westeuropas fordern der atomaren Rüstung Einhalt zu gebieten die schwierige Lage der Weltwirtschaft ist besorgniserregender als bei der ersten Ölkrise, und konzentrierte sich auf seinen Körper, Großer Preis der Bundesrepublik beim dortmunder Hallenreitturnier. Der ging auf die Sache ein, Kunze hielt es jedoch für sicherer, auch das Bewußtsein anzusprechen. Er machte sich die Bedeutung des unvermuteten Einsatzes klar. Hier war auf eine schnelle Weise ein Zugang zu Lisa zu finden – damit er weiter konnte. Es kam jetzt drauf an; das mußte er durchstehn. Er überlegte rasch, von welcher Seite er sich der Aufgabe nähern sollte – von oben herab wollte er nicht handeln. Es war ihm lieb, daß der Anteil beider an der Vorbereitung gegeben war, Lisa hatte sich zwar nicht gerührt, aber er wies ihn spielend nach. Kurz dann: sie kam ihm entgegen, er ließ sich gehen, sie lief mit, er kam außer Atem –
Ihm ging diese Ortschaft durch den Sinn, ein großer Fladen Putz krachte vom Seitenflügel in den Hof, Die Schlager der Woche die Kommentare der Freien Stimme der Freien Welt, er verlor ein wenig den Kopf. Wer war die Frau, in diesem Loch? Und wer war er für sie? In seinem Bungalow, den sie nie betreten wird. Er achtete sie, er wies es eigens an; er war ihr *fest verbunden,* aber er hatte keinen Nerv frei, sanft zu sein. Sich ihr hinzugeben. Er wurde kleinlaut, in den Knien. Er war noch er, er war seiner müde. Er verlor den Mut die Geduld den Faden. Sie boxte ihn,

rüttelte an seiner breiten Brust. Er ächzte beschämt, drehte sich ins Kissen. Verlor das Interesse an seinem Fall. Er war geheilt.
Sie sah es aber nicht, sah es nicht ein. Sie blieb bei ihm, sie wollte nun ans Ziel. Er ließ sie gehn, er hatte nichts damit zu tun. Sie bewegte sich auf ihm fort, eine lange Strecke, seine Knochen schmerzten. Als sie ankam, hielt sie ihn umfaßt, drückte ihn wie einen Helden, küßte ihm rasend Orden auf die Brust.
Wofür? fragte er sich, wofür. Es geht nicht nach Verdienst; und hier wer weiß wonach, er war halt an der Reihe.

Wie hielten sie das aus? miteinander nebeneinander. Die Warterei war für Hinze nicht das Schlimmste, in der Bierritze: während Kunze die Menschheit beglückte. Warten war das halbe Leben; warten mußte jeder, alle warteten hier auf was. Auf ein Bier, Herr Ober, auf einen Posten, auf die Rente, auf den Kommunismus. Die Zukunft lag *vor* ihnen, da hatte sich nichts geändert, auch wenn es eine bessere war, auch wenn man sie hinter sich ließ! Man wartete so und so lange. Aber die einen (noch ein Bier, Fritz) warteten und schunden sich zugleich, wo Hinze nur wartete und wartete. Das war in seinem Berufsbild nicht vorgezeichnet, das jener Maler in der langen Unterführung realistisch gemalt hat. Unwillige Stirn, hängender Mund skeptisch lächelnd, gehetzter Blick nach hinten: nach vorne lauschend, vorgebeugt jagend in der Masse. Auf etwas zu, auf etwas zu, auf die Tomaten! Auch wenn Hinze hier saß, fern der Heimat, an der Theke, behielt er dieses hohle Gesicht, diesen ausgesparten Kopf, der nur innen üppig wurde. In dem es, bekanntlich, dachte … an seine Drehbank dachte jetzt, im VEB Niles. Die ihm fehlte, vor den Händen, weshalb er dem Bier zusprach. Ich sitze hier, nichtwahr, statt in der Schicht zu schindern. In der Chemie, im Tiefbau, in der Datenmühle. Er zählte sich bei jedem Schluck eine Tätigkeit auf, die ihm übrigblieb, allen Hinzes der Welt. Es waren viele. Es waren entsetzlich viele. Er mußte sie alle nicht tun. (Prost, Fritz!) Es waren viele entsetzlich. Lieber warten bis du schwarz wirst. Das lohnte alles nicht, um sich abzuhasten. Das fing er nicht erst an. Der Tag, Kollege, vergeht auch so, morgen ist ein anderer. Dem sah er kühl entgegen.

In seinem Rückspiegel, Fritz. In meinem Wagen, da weiß ich mal, wer mich regiert. Da sitz ich näher bei der Macht, da rede ich ein Wörtlein mit. Ohne Horror, Fritz. Da ändern wir die Welt. Darauf kannst du warten.
Das also war nicht das Schlimmste. Wirklich aber, nämlich mit Schmerzen, wartete er jetzt auf sich. Aber er kam nicht, aus der Ruhe. Er saß hier in der Ritze, wo das Bier lief, und ahnte, daß in der Nähe andere Dinge liefen ohne ihn. Weil er nicht aus der Knete kam, aus dem Staunen, zu einem Beschluß. Er horchte in sich hinein, dem Bier nach, ob da keiner war, der es Kunze zeigte. Der aus dem Anzug sprang! Aber da rappelte sich nichts. Da machte sich eine Einsicht breit, die ihn überrumpelte. Es ging nicht um ihn, sondern *ihr ging es gut.* Für Lisa war es gut. Es gab ihr was ... das er ihr nicht bot. O Fritz. Begreifst du das? Ich warte ganz vergebens. Soll ich schlangestehn, nach einer schlimmern Meinung. Ich hab kein Recht darauf. Ich kann stille sein. Sie hatte alles Recht. Er konnte in sich gehen bis zur letzten Neige, er fand jetzt nichts dabei.
Begreife ich es ... Hielt er das aus? Und Kunze mit ihm? Hielt sie das zusammen?
Und nicht abzusehn, daß es ein Ende nahm: er machte sich ja nicht tot. Er sparte sich für beßre Zeiten, für die Zukunft: die vor ihnen lag. (Zum Wohl.)
Aber er ballte, in seinem Rücken, wir sahn es, die Faust.

Kunze ging es wider Erwarten schlecht; der Zustand verschlimmerte sich sogar (innere Unruhe, Schweißausbrüche, Schuldgefühle). Auf die Ärzte in der Charité gab er nichts, unpolitische Menschen, die nicht durchsehn. Die *dich* behandeln wollen, als wenn dir das hülfe. Abstrakte Kunst! Er hatte seine eigene Methode. Er verordnete sich einen Besuch im Rechenzentrum, Lisas Arbeitsstelle. Er wählte, gefühlsmäßig, eine Nachtschicht; Hinze, die Fäuste ruhig am Steuer, fuhr ihn hin. Kunze entließ den stummen Mann, der einen müden Eindruck machte. Lisa war, laut Plan, der auch mir Gesetz ist, allein.
Sie führte ihn durch die Abteilung, schallschluckende klimatisierte Räume, eine gedämpfte künstliche Atmosphäre, die er angenehm empfand. Raumgroße Geräte, Lisa erklärte flüchtig die Funktion. Sie sprach ein Kauderwelsch, eine

magische Sprache, die ihn leicht berauschte. Sie schaltete, ein wenig aufgeregt, einige Kästen an; das Geratter beruhigte ihn. Er musterte erleichtert ihren Nacken, den Strudel des Haars. Sie hatte Riechschicht: nur zu kontrollieren, ob irgend etwas schmort. Kunze roch heiter, hilfsbereit, in ihrer Nähe herum. Die *moderne Technik,* in Händen der Frau, erregte ihn. Er wollte sehn, wie sie die meistert.
LISA Ick? Als Operator hier steh ick am Schalter, nehm den Job entgejen, der Betrieb jeht mir nischt an.
KUNZE Aber du kannst das!
LISA Können könnt ick, aber ick darf nich dürfen.
KUNZE (hoch erstaunt:) Das erklär mir mal.
Sie machte ihm ein paar kleine Dinge klar. Die Programme macht der Programmierer, er is der King, ick bin der Kuli. Ick bediene ihm, bezetwe den Kunden. Det is wie überall. Du mußt det doch wissen.
Kunze knickte ein wenig ein im Leib, wie von einem Schlag, aber er spürte nichts. Er blickte Lisa skeptisch an.
LISA Ödes Jefummel, sack ick nur. Operator: die Sekretärin der neuen Zeit. Foljedessen, Männer halten det nich aus, mitn Jeist.
KUNZE Männer –
LISA Aber et *hat* ooch wat – weil die Kunden, also die ick seh, wenn set ooch eilig haben, daß det Männer sind.
KUNZE Männer –
LISA Wat ha'k sonst davon? Höchstens daß ick een Stromstoß simulier, Ausfall, Sense, und kann Kaffee kochen. Die Programmierer könn uns nischt beweisen. Wir sind ooch ne Macht. Ick mach mir rar. Kunze zog die Nase kraus.
LISA Obwohl, det sind *ooch* Männer. Ich komm mit ihnen aus.
Ja, Männer und Frauen … Kunze nickte rasch. Das war etwas andres. Das konnte schon gehn. Er und sie! aber wie kam er dahin?
KUNZE (bedächtig:) Wie wär es, wenn du dich entwikkelst.
LISA (lächelte, streckte die Brüste vor:) Bin ick nich?
KUNZE Wenn du dich qualifizierst?
LISA (griff sich in den Schoß:) Spielste darauf an.
Er schwieg, ihre politische Unreife verwirrte ihn. Er war nicht darauf gefaßt. Er hatte Lisa höher eingeschätzt. Sie

sah mißmutig in die Luft. Dieser Stimmung durfte er nicht nachgeben.

KUNZE Zum Ingenieur. Zum Abteilungsleiter!

LISA Det wird hier keene Frau. Da quäl ick mir nich ab. Det sind *wieder* Männer. Scheißwelt.

KUNZE Männer –

Ich ziehe die Fassung zurück.

Die Begebenheit selbst mag stimmen (man wird Untersuchungen einleiten), aber die Sicht des Erzählers ist nicht gutzuheißen. Warum. Er erweckt den Eindruck, als sei die neue Wirklichkeit vor allem etwas, das Kritik herausfordere und nicht Freude. Dem ist nicht so. Tausend gute und selbst mittelmäßige Bücher beweisen das Gegenteil. Die Wirklichkeit spricht eine andere Sprache, im schlimmsten Fall *schweigt* sie. Deshalb rufen wir den Schreibenden zu: Seht euch im Leben um! Lernt von der Wirklichkeit. Macht es euch nicht zu leicht!

Im ersten Quartal begab sich der verdienstvolle Mitarbeiter Kunze in das moderne Rechenzentrum. Er empfand es als seine Pflicht, sich um die junge fähige Frau seines zuverlässigen aber bescheidenen Fahrers zu kümmern. Man geleitete ihn in den hellen, freundlichen, mit Grün versehenen Kundenraum. Wie staunte die junge Arbeiterin Lisa Hinze, als ihr der unbekannte gut aussehende Mann statt eines Auftrags die Hand reichte und den Vorschlag machte, eine Qualifizierung aufzunehmen und im Rahmen des Frauenförderungsplans ein Sonderstudium zu absolvieren. Nach einem ersten verständlichen Schreck, denn das Neue ist ungewohnt, während dem sie sich mit dem Gedanken vertraut machte, denn das Neue setzt sich durch, ging sie freudig auf das Angebot ein. Die Kolleginnen im Magnetbandraum gratulierten ihr, übrigens ohne den Datenbetrieb zu unterbrechen. Der Abteilungsleiter, ein junger begabter gut aussehender Wissenschaftler und junger Angehöriger der Intelligenz, meldete den Erfolg über die Datenfernübertragungseinrichtung nach Berlin. Lisa Hinze sagte abschließend: „Ich möchte allen Anwesenden in der Republik, besonders aber Herrn Kunze, von Herzen danken. Ich werde mich bemühen, der hohen Auszeichnung durch

höchste Leistungen gerecht zu werden. Ich danke dem Staat und dem Volk und zuletzt meinem Mann, auf den eine harte Zeit zukommt." Lisa Hinze hatte ein gutes Verhältnis zu ihrem Abteilungsleiter, der die junge fähige Frau gern, aber ungern ziehen ließ. Er bat sie mit leiser Stimme um eine Aussprache, und Lisa schickte Kunze verstohlen, wie man sich denken kann, in den Backgroundspeicher. Das war ein kleiner fensterloser Raum, was ihn zunächst verwunderte. Da hier alle Räume einerseits schallgedämpft andererseits vom rastlosen Geratter des Rechners erfüllt waren, stand er etwas isoliert vom Geschehen. Lisa Hinze hatte aber ein sehr gutes Verhältnis zu ihrem Abteilungsleiter, den sie verehrte. Lisa Hinze hatte sich zu dem Anlaß gut angezogen, synthetische Wäsche aus unserer Produktion, und es war nicht zu vermeiden, daß, als der Abteilungsleiter plötzlich und unbedacht Lisas Pullover hochstreifte, durch die rasche, für sie völlig überraschende Bewegung elektromagnetische Wellen ausgelöst und die elektrischen Felder des Rechners gestört wurden, worauf das ganze Programm zusammenbrach. Kunze vernahm die untypische Ruhe und trat aus dem Versteck hervor. Lisa Hinze zeigte sich, vermutlich des Produktionsausfalls wegen, enttäuscht von dem unvorsichtigen Abteilungsleiter, sie blickte ihn an, warf sich über einen Systemzustandsanzeiger und murmelte etwa: Schweine. Der Abteilungsleiter, der kühlen Kopf behielt, machte sich sofort an die Fehlersuche, und Kunze, blaß, ein schwerkranker Mann –
Das wird augenscheinlich auch zu lang, zu ausführlich, so daß wir wieder das (gesellschaftliche) Interesse daran verlieren … Dies sind auch nur zwei Versionen; und unsere Literatur ist reich. Aber wo ist die Wahrheit?

Es war üblich zwischen Hinze und Kunze und wurde erwartet, daß Hinze nicht mit seiner Meinung hinterm Berge hielt. Auch nicht hinterm Schamberg … es gab kein Geheimnis, Kunze mußte alles wissen. Denn er arbeitete mit dem Menschen, er war auf das Vertrauen angewiesen. Hinze wußte es sehr gut.
Ich habe (sagte Hinze beispielsweise und sah auf die neblige Chaussee) ein Problem. Lisa –
KUNZE Ah, deine Frau?

HINZE Es ist was mit ihr. Man interessiert sich für sie ...
KUNZE Das kann gut sein –
Es kostete Hinze oft Überwindung; Vertrauen mußte erworben sein.
HINZE Du weißt, wovon ich rede?
KUNZE Ja, im Mittelpunkt steht der Mensch.
Der Nebel flog dichter heran, Hinze fuhr brutal.
HINZE Sie erzählt mir nichts ... Aber ich seh doch –
KUNZE Das versteh ich nicht. Sie ist eine so offne, rückhaltlose Person –
HINZE (lauernd:) Ist sie das?
KUNZE könnte man meinen. Sie nimmt alles ernst.
HINZE Mich nicht ... Was nimmt sie ernst?
KUNZE (in einer frohen Wallung:) Ich muß mit ihr reden.
Sie schwiegen um die nächste graue Kurve.
HINZE Wer ist denn ernst zu nehmen ... Man sagt, man *helfe* ihr. Weißt du, was man wirklich will?
Schwätzer, dachte Kunze.
HINZE Undurchsichtige Sache ... Das lieben wir nicht. Klarheit, Plan, abrechenbare Verpflichtung. Sonst steig ich aus. Vielleicht will sie das. Die Frauen verstehst du nicht. Die halten nichts von deinen Absichten, von all den Absichten. Sie denken nicht wie du.
Kunze starrte in den Brodem.
HINZE Sie haben eine andere Struktur. Das Weib ist keineswegs gleichwertig mit dem Mann, wie Ploß und Bartels nachweisen. Über der Gleichheit der geistigen Anlagen darf nicht übersehen werden, daß unsre geschraubten Verhältnisse eine Verschiedenheit herangezüchtet haben, welche im Charakter beruht.
KUNZE Eine Verschiedenheit ...
HINZE Der Mann ist der von der Gesellschaft Umworbne in seiner Funktion. In dem Weibe, wenn es notgedrungen heraustritt zum Wettbewerb, herrscht eine Unerfahrenheit, und durch diese ein offnes Gefühl für das Wahre, im Mann die Schärfe und Sicherheit, mit der er alles erfaßt und besiegt. Das Weib erlangt darin nur eine gewisse Höhe, wo die unüberwindliche Schneelinie für es beginnt, während der Mann die Gipfel kalter, starrer Leitung erklimmt. Es dürfte kaum etwas geben, was ein weiblicher Verstand nicht einsehen könnte, aber sehr vieles, wofür die Frauen

sich nie interessieren. Es ist weibliche Art, die Analyse zu hassen und das entstandne Ganze, z. B. den Sozialismus, in seinem unmittelbaren Wert und seiner Schönheit zu genießen oder einfach darüber zu lachen.
Kunze staunte immer wieder über Hinzes Expertentum. Der war ein gebildeter Mensch. Und fährt ihn mir nichts dir nichts durch den Nebel. Selber er wußte zwar viel, aber von allem wenig. Man mußte sich informieren, man hatte nicht Zeit, sich zu bilden wie die Experten im Volk. Man mußte sich wundern.
HINZE Wo der Mann gern im Dienst des Allgemeinen in die Menge Gleichgesinnter eintritt und in ihr untergeht, um Lotzes treffendes Wort noch einmal zu wiederholen, wollen die Frauen so wenig wie eine Blume nach gemeinschaftlichem Maß verglichen werden oder gar nur als Beispiel neben anderen gelten, sie wollen aus sich selbst verstanden, um ihrer selbst willen gesucht und geliebt sein. Ich möchte endlich die Behauptung wagen, daß für Frauen die Wahrheit überhaupt einen andern Sinn hat. (Er sah Kunze prüfend an.) Sie sind auf was andres aus. Eine andre Welt, das ahnst du nicht. Du bist für sie eine Art Tier, ein – Schwein, eine versaute Serie. Die sehn durch dich hindurch. Und genießen es noch. (Er schwieg.) Ich vermute, sie nimmt es nicht tragisch.
Auch Kunze schwieg, obwohl er so angesprochen war. Er lauschte den Worten nach. Sie klangen ihm seltsam vertraut, und eine große Genugtuung erfüllte ihn. Er trommelte mit den Fingerkuppen Applaus auf seine Knie. Er sagte dann aber:
Hör zu, ich kümmere mich darum. Ich nehm sie vor. Verflucht, was muß man alles tun. Man kommt zu nichts. Man opfert sich auf. Aber sei ruhig, ich mach was ich kann. Himmeldonnerwetter ja, auch das noch.
HINZE Das übernimmst du?
KUNZE Ja, tröste dich. Weil du es bist. Dafür sind wir da. (Er faßte ihn am Genick.) Na, Freund.
So sprach er, und Hinze merkte nicht, daß er gar nicht inne nahm, mit wem er sprach. An Hinze, diesen einen, mageren Mann, der sein Fahrer war, dachte er gewiß nicht, um ihn machte er sich keine Sorgen. Ihn belehrte er:
Wie könnte ich nein sagen? Nein nein. Nichts geschieht bei

uns um seiner selbst willen, alles dient dem Wohl des Menschen.
Und während sie so durch den Nebel fuhren, auf einen ohnehin ungenannten Ort zu, an dem Kunze erscheinen sollte, war Hinze schon am Ziel. Er hatte sein kleines faltiges schwarzes Herz erleichtert. Nun wußte der Freund Bescheid und hatte die Folgen zu tragen. Nun war es ein höchster Fall, da sollte man nun sehn. Er zog sich aus der Affäre. Er brauchte sich weiter keinen Kopf zu machen. Was nun kommen würde, es war nicht sein Problem.
Er grinste befreit in die Frühe.
So ging das zu, so hielten sie es miteinander!

Für das Vertrauen, das er Kunze entgegenbringen konnte, zeigte sich Hinze erkenntlich. Kunze war für alle da, im (ihm) übertragenen Sinne; Hinze wenigstens für *ihn*, und zwar greifbar. *Seid bereit:* der eine für die Sache, der andere für dessen Sachen, Einkäufe, kleine Erledigungen und Geschäfte. Für dessen Bequemlichkeit, weil der unbequem lebte oder sagen wir dachte; Hinze das Werkzeug der Gedanken, die Kunze hegte.
Diesmal beschaffte Hinze Material.
Er fuhr das Spundholz von einem, sonst verursachten Andrangs wegen hier nicht bezeichneten, Platz zum Bungalow. Kunze war ein häuslicher Mensch, ganz ohne Zweifel; Hecken, Zäune, verglaste Veranda. Was trieb ihn aber um? Hatte er nicht alles? Alles bestens. Was für eine Angst, Wut, Sehnsucht in dem feisten Leib? Hinze zerdachte sich, ungeduldig, mit leisem Grimm. Rätselhafter Mensch! Wohin wollte er, der ging zu weit. Der Sozialismus gab viele Rätsel auf, aber das war ein besonderes. Warum fühlte Kunze sich nicht wohl *mit ihm*? Mit seinem Fahrer. Warum mit seines Fahrers Frau? Da lebte der große Herr auf. Wenn er sie vergewohltätigte. Mit ihm, seinem Untermann, gab er sich nicht ab, gab sich nicht die Mühe. Da war er wie verriegelt. Dienst ist Dienst, das war selbstverständlich. Das war selbstverständlich im gesellschaftlichen Interesse. Also kein Wort darüber, weiter, worum geht es denn. Zur Sache.
Hinze holte Spundholz, von wer weiß woher.
Er lud es auf der Wiese ab. Kunzes Gattin sah durch die Gardine. Sie rief ihn dann zum erstenmal hinein.

Auch wenn es uns auf eine falsche Fährte führt: Hinze folgte dem Wink, vielleicht fand er des Rätsels Lösung? Er drang ins Vestibül. Die Gattin trat in Erscheinung. Wir können sie jetzt nicht anders als mit Hinzes Augen sehn. Er sah nur Möbel, vollgeräumte Stuben. Sie thronte auf dem Sofa, berliner Biedermeier, roter Samt. Eine Dame von fünfzig, massiv, Eiche. Reiches Schnitzwerk, ohne jeden Kratzer. Kaffeetafel, das gute Porzellan. Der Sandkuchen wie Staub im Hals. Sie zog Rüschen vor den spitzen Mund. Kleine Holzaugen unter der Politur. Hinze blinzelte (die Mundwinkel eine Spur herabgebogen), sah sie wieder an. Da erkannte er ein großes dunkles furniertes Vertiko, unbeweglich, abgestellt, voller Gläser und Nippes, Besitz, und einer mächtigen kaputten Uhr darauf, mit heftig zitternden Zeigern.

Der Kampf war seit langem im Gange. Als Hinze zum erstenmal die Fabrik betrat, war sie schon vom Getöse erfüllt, die Säle, die Büros, vom stummen Gemetzel. Hinze nahm es zunächst nicht wahr; er ging ahnungslos hinein, mit seinen schwachen kindlichen Gliedern, seinem Milchgesicht, seinen zwei linken Pfoten, nichts als Flausen im Kopf. Eine unbeschriebene Haut! Er wurde an eine alte Maschine gestellt, seinen Platz. Er atmete die ungewohnte Luft, Öl, Eisen, ein schwerer, erregender Geruch. Die Älteren sahn prüfend zu ihm her, ihrem Kameraden: wie würde er sich schlagen? Die Maschine, die Großmutter, klapprig und kaum noch zu beleidigen von seinen raschen ungelenken Händen, brachte ihm langsam die Griffe bei. Es war ein abgestumpftes aber im Grunde gemütliches Ding, das ihm nichtsdestoweniger auf die Sprünge und zum ersten Spaß half. Was herauskam am Schichtende lag unter der Norm, blanke aber ungenaue Teile: bis er seinen Ehrgeiz darein setzte, den gehörigen Berg Werkstücke hinzusetzen, auf den hier alles versessen war. Das war der Augenblick, in dem er in die Schlacht ging. Noch wußte er nicht, was er tat, wer hier gegen wen oder was antrat. Noch dachte er, daß er sich nur ausprobierte, daß er gegen sich selbst kämpfte, seine Müdigkeit früh um sechs, seine Unlust gegen elf, seine laweden Knochen. Er nahm es als Sport. Er ließ sich an die neueste Revolverdrehbank delegieren und versuchte, sie auszuholen wie die erfahrenen Dreher. Er beobachtete Form und Farbe des Spans, seine Zerrissenheit, die beschmolzene Schneide des Werkzeugs, das er in falschem Winkel oder bei zu hoher Drehzahl an das Eisen stellte. Er lernte die rasenden Zusammenhänge von Schneidenwinkel Spantiefe Vorschub und Schnittgeschwindigkeit, die sein Gehirn ins Rotieren brachten und alles überflüssige Denken hinausspritzten. Er mußte bei der Sache sein. Er wurde lebendig. Er mußte, was die Maschine hergab, aus sich selber holen bzw. sie riß es aus ihm heraus, einem ölverschmierten, schwitzenden, fröhlichen, besessenen Mann! Einem andern, den er nicht gekannt hatte, den er nicht vermutet hatte in seinem Fleisch, einem komischen kleinen Athleten, der den andern Männern glich. Man grüßte ihn, die Hand an der Mütze, man steckte ihm die Zigarette ins Maul. Er hätte die Maschine umarmen mögen, aber er foppte sie bloß, er brachte sie auf Touren, rücksichtsvoll, zuvorkommend, aber bis zum letzten Effet. Hinter ihm und neben ihm lagen die fertigen Teile, Kurbelwellen, Walzen, stapelten sich auf Paletten, wurden fortgezogen und blieben in seinem Kopf und kamen wieder auf weißen Listen, Stückzahlen, Sollmengen, an denen er gemessen wurde. Die sich drohend hinter ihm erhoben. Die ihm im Nacken saßen. Totes Zeug, das ihn nichts anging, von dem er abhängig war! Er wollte noch mehr davon über den Schlitten wirbeln, mit Lust und Tücke, die Maschine verstand nicht gut, er geriet in Wut. Sie zwang ihn zu immer denselben Bewegungen, die er spielerisch, wie ein Tänzer vollführte, oder wie ein Affe, am späten Vormittag, wie ein Idiot! Und zu denselben Gedanken im schwirrenden Kopf, die er vergessen konnte. Sie lief stur mit leisem Geheul, er stand ein dressierter Dompteur im Käfig. In schwarzen lächerlichen Schuhen am Betonboden festgelötet, seine Armstümpfe an der zerknitterten Brust. Eisenhaufen auf seinem Schädel. Seine Produkte. In diesen Momenten ahnte er, worum es hier ging. Das war kein Sport, das war grausamer Ernst. Diese lebendigen Leute hier, Spitzendreher, Bestarbeiter, standen im Krieg gegen tote Dinge, die sich anhäuften, das Vergangne, das Erloschene, das sich wie Lava in die Halle wälzte. Das Erschrecken über diese Entdeckung hätte Hinze vermutlich zerschmettert und zu der üblichen sechswöchigen Krankschreibung geführt, aber es kam immer Arm in Arm mit einer voluminösen Freude. Er stak hier nämlich nicht allein in dem Schlamassel, sie waren eine Truppe, ausgelernte Haudegen. Auch wenn sie sich nicht ansahn, gezwängt an die Dreh-, Bohr-, Fräsmaschinen und numerisch gesteuerten Fließreihen, oder zuhörten in dem Gerassel. Auch wenn sie im Wettbewerb standen sie beieinander. Wenn sie sich übertrafen, diese toten Dinge zu vermehren! sie machten alle den Buckel krumm gegen die Gefahr, lebendig begraben zu werden vor der Rente. Die Langen und die Dünnen, die Deutschen und die Polen, die Weißen und die Gelben, in der gleichen Montur. Auch die Meister, in ihren zu engen Jacken, konnte man zu ihnen zählen: die noch auf das Werkzeug schauten und nicht nur auf das Endergebnis. Die Abteilungsleiter und Direktoren kannte man flüchtig als anteilnehmende Personen, obwohl sie über dem Kampf zu stehen schienen oder die Fronten wechselten, mit ihren Tabellen und Rechenschiebern. Ihren Planziffern und rotweißen Losungen, die ihnen aus der Schnauze hingen. Am Monatsende wurden sie leicht zu Feinden, die, hinter den Ausschußstapeln, blödsinnig in die Menge schossen. Die Schlacht hatte offensichtlich ihre eigene Logik, die der Mensch erst begreifen mußte. Sie nagelte die Leute in die Maschinenstraßen oder hob sie in schwindelnde Büros, auf die Kommandoposten, wo sie mit lebendiger Stimme tote Sätze riefen. Hinze, einem harmlosen Mann, der freundlich zwischen den Standpunkten vermittelte, standen aufreibende Erfahrungen bevor. Zwar sah er die Zusammenhänge von Planauflage Eigeninitiative Wohlstand und Rationalisierung, die ihn vom Stuhl rissen in der Versammlung und selbstvergessen reden machten. Und es war ein Spaß, Vorschläge hinzublättern und die anmaßenden Referenten in ihren Quark zu stippen. Dann war er wer, er war angesehn am roten Brett. Er entwickelte sich mit der Gesellschaft, sie verlangte nach ihm. Das war schon ein Glück. Man war sich ja einig, heutzutage, man diskutierte frisch, man ging höchst beweglich taktisch miteinander um. Aber zwischen ihnen, hinter ihnen, über ihnen stand etwas, wurde fest, geronnene, rostige Verhältnisse. Nicht daß sie undurchdringlich waren, man erreichte diesen und jenen, man konnte manchmal etwas ausrichten in der Halle. Aber die Mühe, der Kampf! Und draußen stand der Nebel wie eine Wand. Draußen, wo die größeren Dinge liefen, von denen alles abhing, draußen wo die Weichen gestellt wurden. Er fuhr seine Maschine, seine Anlage, seinen Wagen, auf dem festgeschriebenen Gleis. Natürlich wurde daran gedreht. All diese lebendigen Leute, vom Dreher bis zum Generaldirektor, versuchten die Strukturen zu durchlöchern, sich kurzzuschließen, die Ebenen zu überspringen. Sie setzten die üblichen Waffen ein, die furchtbarste: das Vertrauen. Dagegen half nur ein Mittel: Entzug der Informationen. Die Institutionen, Produkte langjähriger Arbeit von oben herab, die sich in der Landschaft festgesetzt hatten wie ägyptische Pyramiden, wehrten sich mit den alten plumpen Methoden, Tricks, zu denen ihre Mumien noch fähig waren. Das hat Hinze nie ganz begriffen, diese Dimension des Kampfs ging ihm nicht auf. Er war Detailarbeiter. Und doch ahnte er zuletzt, daß es um das Ganze ging. Er lebte längst in den *besseren Zeiten.* Er hatte *alles,* hieß es. Ihm gehörten die Maschinen, jedenfalls nicht Krupp Flick Thyssen. Auf den Stühlen saßen seine Leute, konnte man sagen. Es war, sozusagen, sein Staat. Aber er stand noch immer im Kampf! Der Kampf war nicht entschieden! Es war nicht viel gewonnen! Was herrschte hier? Das Tote, die Dinge, die Pyramide, oder seine Arbeit? Das Tote, oder das Lebendige? Er wechselte die Drehbank, er wechselte den Betrieb, er wechselte den Beruf. Er blieb im Clinch mit den gemachten, den vergangnen, den angehäuften Formen. Die herrschende, die angeherrschte Klasse. Da machte Hinze, gelernter Dreher, Bestarbeiter, in den besseren Zeiten, eine sensationelle Entdeckung. Es gab nichts außer ihnen selbst, was ihrem Leben Sinn gab. Was sie nicht waren und taten und entschieden, war der Tod. Er hielt in der Arbeit inne, sah auf das verbissene Getümmel, das aschgraue, mit Grünpflanzen getarnte Schlachtfeld. Er hatte nie etwas anderes gesehen. Er wußte nicht, wann der Kampf begonnen hatte. Aber alles deutete darauf hin, daß eine Entscheidung fallen mußte. So oder so; denn der Kampf hatte alles und jeden bis in die Fasern ergriffen. Entweder würden sie in den mächtigen eisernen Bedingungen verschwinden, oder sie müßten sie zerbrechen, wie der Falter die Larve sprengt. Nicht mit einem

Flügelschlag: aber um zu fliegen, um sich zu entfalten! Er blickte starr in die Halle hinein, er konzentrierte sich auf das Ende. Die ahnungslose Truppe putzte die Schlitten vor Feierabend, vom Fight gezeichnete Gestalten. Er stellte sich das Finish vor, ein sagenhaftes Jahrtausend. Er ging durch das Tor hinaus, mit allen andern durch die akkurate neonbeleuchtete Unterführung. Er schritt aus, den Kopf zur Seite gedreht, skeptischen Blicks nach hinten, seine Lippen fest aufeinander, die Mundwinkel eine Spur herabgezogen, die Stirn gefurcht, Gesichtsfarbe ungesund gelblichbraun, ein Krieger, der den Tod gesehn hat, am gestreckten Arm die Faust geballt um die Lohntüte.

Folgende Reise mußte Kunze allein unternehmen. Grund genug, kein Wort und kein Kapitel darüber zu verlieren. Anmerken darf ich aber, indem der offizielle Teil vorbei ist, daß der Reisende sich auch in jener Landschaft – und dort erst recht – unbehaglich fühlte. Kein Anfall; aber natürlich ein wohldurchdachtes Unwohlsein in dieser Gesellschaft, über das er, wenn er ihm nachgab, zuhause keinem Rechenschaft schuldig war. Zumal er ohne Vorsatz handelte und, wie alles hier, planlos lief und der schamlosen Nahverkehrstarife wegen zufuß. Er prüfte nur, in einem Pornoshop, sein Gefühl, es war ehrlich, wenn auch nicht heftig; und war denn diesen Leuten zu helfen? Geriet aber richtig in die Reeperbahn und wurde in ein überschaubares, amtlich anmutendes Gebäude gesogen. Es erinnerte entfernt an das Berliner Haus des Lehrers. Hier durfte er korrekte Verhältnisse erwarten (daß er sie etwa floh, wäre ihm nie im Leben in den Sinn gekommen). Er schritt in den Kontakthof. Hier ging man spazieren, unter freiem Himmel, sorglos, wie es schien, aber nicht teilnahmslos, man zeigte Interesse aneinander. Ein Wandel wie in einer zukünftigen Welt! Es fiel ihm auf, daß er nicht schwitzte, daß er gelassen auf die zag bekleideten Frauen sah. Aber sein Gesicht rötete sich; von den Waden bis in den Rücken hoch schwippten metallene Speichen, er glaubte sich öffnen zu können wie ein Schirm. Man hätte ihn anfassen, in die Hand nehmen können und herumtragen. Er war federleicht. *Unbelastet*, würde er es nennen. Er kam sich vor wie zur Kur verschickt. Inmitten der Weltstadt! Der Reisende ließ seine hellbraunen kugel-

runden Augen wandern, musterte die Objekte durch ruckartige Sprünge zuerst des Kopfs und hernach der Blicke, wie gewohnt nur Kopf und Füße des Gegenstands greifend, mit ungenierter Sicherheit. Aber das Erstaunliche, das Wunderbare: man wich seinem Blick nicht aus. Man erwiderte ihn ebenso ungeniert und sicher. Man griff ihn ebenso selbstverständlich, sogar mit vertrauensvollem Zwinkern. Hier ergingen sich Gleichgesinnte, sie waren Gleiche, oder sagen wir Fremde. Er wurde angehaun.
Kommst du mit?
Hast du Lust?
Soll ich dich verwöhnen?
Diese dunkelhäutige Schönheit, kaum daß sie ein Deutsch sprach, er fragte nicht nach dem Preis. Treppen hinauf, gerade Gänge. Alles leicht, freundlich, bequem. An den offnen Türen vorbeizögernd, durch die er natürliche Mädchen erblickte, entschloß sich der Reisende zu einem generellen Eingeständnis. Der Kapitalismus, was sonst auch gegen ihn gesagt sein mußte, gab sich freier. Das mußte man zugeben. Man sollte doch nicht so tun, als wären da nur leere Versprechungen, beileibe nicht! Der Reisende griff nach dem schwarzen Leib, der in ein Zimmerchen voransegelte. Der Kapitalismus konnte freizügiger verfahren, weil alles ziemlich feststand, gesichert durch altbekannte Besitz- und Polizeiverhältnisse. Die neuen Verhältnisse hingegen – man ließ es nur nicht verlauten – mußten sich, durch gar nichts abgesichert, zwanghafter benehmen. Um sich zu halten, um sich durchzusetzen, wo der alte Respekt in den Binsen ist. Die neue Zeit begann mit dem Befehl Nr. 1. Sie mußte sich überhaupt erst bemerkbar machen, durch eiserne Maßnahmen und quasi herrische Erlasse, man hätte sie nicht ernst genommen! Der Reisende ordnete Hemd und Socken auf einem Sesselchen. Die Erscheinungen, wie so oft, waren paradox: bittere Erfahrung seit 45. Sie besagten nicht viel, aber immerhin: daß man die neue Gesellschaft für die alte halten konnte oder, was schwerer wog, die alte Gesellschaft für annehmbar. Ihrer Annehmlichkeiten wegen! Man mußte das ausdiskutieren, aber Hinze war hinter der Mauer, man war allein vor Ort. Eine Annehmlichkeit – aus der Dritten Welt. Die Lage war noch verworrener. Eine arme Frau aus Afrika, die er zu unterstützen hatte. Die ihn

erfreuen konnte in ihrer Not! Osten Westen Süden trafen sich hier in einem Punkt, über den man nicht reden konnte, eine haarige Sache. Eine internationale Verwicklung, man mußte halt nicht die Ständige Vertretung informieren. Man konnte es positiv sehn, Völkerverständigung. Ein sozialistisches Deutsch-Ostafrika. Heia Safari, Genossen. Er begann, sich zu verbrüdern. Die Schwester hatte ein schmales ovales Gesicht, schwarzviolett, faltig, bei Licht besehn. Große rasche oder unstete Augen, ein fleischiger Arm, den sie ihm entgegenstreckte, mit sehr langen Fingern: die sie jetzt erstaunlich spreizte, als sie den Tarif nannte:
Fünfzig.
Der Reisende zahlte die Summe, auf ein Hilfskonto, das sie in einem Kästchen verwaltete. Er war einen ganzen Kopf kleiner als sie, er musterte sich im Spiegel: er konnte ihr aber gefallen. Gelenkig, über und über mit grauschwarzer kräusliger Wolle bewachsen. Breite Brust, durchaus ein Bauch, bedeutend sogar, man kam aus keinem armen Land. Gedrungene Beine, gedrungner Geschlechtsteil. Seine Hände wirkten, trotz der stumpfen Fingerkuppen, zart an ihrem Hals, er verbarg den massiven Trauring nicht. Er war peinlich sauber gewaschen, kaum merkbare Spuren von Parfüm und guter Seife. Worauf wartete sie denn? Sie lag auf einem niedrigen Bett, die schwarzen Knie an die riesigen Lippen gezogen.
Zieh dich schon aus!
sagte er sanft. Sie sagte rauh:
Ausziehn? Zwanzig.
Der Reisende schwieg verblüfft. Sie streifte lächelnd das Fähnchen ab. Er deutete unwillig auf den Büstenhalter.
BH? Zehn.
Der Reisende geriet in Schweiß, er glänzte silbrig wie in der Sauna. Er näherte sein glattes rosiges Gesicht dem ihren.
Küssen? Zehn.
Dies konnte er lassen, aber als er nun, ohne weitere Verhandlungen zu erwarten, in sie eindringen wollte, sagte sie:
Ohne? Zehn.
Diese minimale Vereinbarung veränderte seine Stimmung rapide. Er schloß die Augen, entblößte sein kräftiges Gebiß, preßte seine weiche, weiberhafte Hand auf das schwarze

Gesicht und ging wütend vor. Die Frau bläkte erschrocken auf, hielt aber sofort die Luft an, und der Reisende, ein schäumendes, röchelndes, das Nord-Süd-Gefälle brutal nutzendes Schwein –

KUNZE Es ist schon so, wie die Klassiker schreiben. Der Kapitalismus –
HINZE Ich reise nicht.
KUNZE Das nackte Geldgeschäft. Obwohl, wenn der ökonomische Zwang wegfällt, ich meine unter unsern Bedingungen, könnte man manche Freiheit übernehmen. Sagst du nichts?
Man konnte ein gedankliches Experiment machen, man konnte langsam fahren Unter den Linden, man konnte seinen Fahrer prüfen. Wie dachte der Mann auf der Straße?
KUNZE Jetzt, wo die neue Ordnung gesichert ist, könnte sie mehr aufs Gängelband verzichten.
Kunze schnaufte fröhlich, äugte auf den Bürgersteig.
HINZE Da bin ich mir nicht sicher. Das würde Illusionen hervorrufen.
KUNZE Illusionen?
HINZE Als könnte man es einfach besser machen, wo es doch gut geht. Das ist eine unbewiesene Annahme! Die Leute sind es so gewöhnt, man muß sie nicht vor den Kopf stoßen. Sie haben es mitgemacht, das heißt doch was. Es würde ihnen etwas fehlen. Obwohl, Mangel sind sie auch gewöhnt. Es käme auf einen Versuch an.
KUNZE Ich meine auch nur – (er verfolgte zwei nahe Fersen) wir sollten nicht hinter dem Kapitalismus zurückstehn. Gewisse Entwicklungen –
HINZE Das kann man uns eigentlich nicht vorwerfen. Das nun nicht. Wir bemühen uns doch. Wir haben so viel übernommen! Schon im Geist, es mag ja alles schon anders sein, aber wir denken doch wie die. Da achten die Leute drauf. Der Sozialismus hätte sich sonst nicht gehalten. Wir wollen alle was haben.
KUNZE (gutmütig:) Na also.
HINZE Das muß man auch verlangen. Der Sozialismus muß der bessere Kapitalismus sein, wie Chruschtschow sagte: wir werden alle leben wie die Minderheit im Kapitalismus. Dafür arbeiten wir. Dafür leben wir für die Arbeit.

Kunze blickte den mageren Fahrer anerkennend an, vergaß die Chaussee, die beliebigen Blusen.
HINZE Produktion – Konsumtion, das können wir auch. Na wenn schon! Wenn schon die Erde dran glauben muß, die Luft, die Bäche, wir stehen nicht zurück. Wir sind nicht zurückgeblieben.
KUNZE Nein, aber, obwohl – unter unserer Führung –
HINZE Das noch hinzugerechnet. Da herrscht auch der gediegene Geist. Den können sie uns nicht absprechen. Ordnung, eine Linie. Nicht jeder quer über die Bühne. Erprobte Leute, wie im Aufsichtsrat. Nur daß wir es doppelt nähen, damit es besser hält. Partei *und* Staat, da kann der Kapitalismus Augen machen.
KUNZE Na, aber, was – wir machen es auch nicht für einen: sondern für alle!
HINZE Ja, das kann man sagen. Das ist sogar wahr. Wir können es gar nicht allgemein genug sagen. Sieh nur die Losungen an. Da steht nichts von Hinze oder Kunze. Im Mittelpunkt steht der Mensch, nicht der einzelne.
Hinze war in Fahrt, der schnitt die Kurven. Man mußte heraus aus dem Fahrwasser.
KUNZE Ich lenke dich ab …
HINZE Nur weiter.
KUNZE Was weiter.
HINZE Was weiß ich?
KUNZE Ich wollte nur sagen, der Sozialismus könnte attraktiver sein –
HINZE Mir ist er attraktiv genug. Man soll ihn nicht so schmackhaft machen, sonst halten sich die Leute daran fest.
Der fuhr drauflos, ich kann ihn nicht bremsen.
HINZE Wir feiern ihn … die Errungenschaft, und vergessen, daß er in der Not angefertigt wurde, weil es nichts Besseres gab. Nur, um zu was anderem zu kommen aus der Verzweiflung. Von dem andern ist meist keine Rede mehr, weil man beschäftigt ist mit dem Behelf. Jetzt soll er für alle Zeit passen und gewichst werden auf Hochglanz, wie die Kinderschuh, mitsamt den Zehen, die herausragen. Ich halt das für einen Vorteil.
KUNZE Was wäre ein Vorteil?
HINZE Daß er nicht paßt. So kann man sich, wo so viel er-

reicht ist, doch nicht ohne weiteres hineinfinden und flanieren, ohne das Gesicht zu verlieren.
KUNZE war erschöpft von der Arbeit mit diesem Menschen. Ein maulfauler Kerl – aber den man nur ansprechen mußte und er verrannte sich. Der brachte ihn aus dem Konzept. Kunze spähte mitleidig seitab. Erbat sich dann, Hinze zu sich zu bitten, auf den Bau nachts, Wache halten, ist es dir wirklich recht, wie! die Kunststeinplatten.

Was sie zusammenhielt, hielt sie also nicht am selben Fleck. Der eine sagte wohin, und der andere fuhr davon, und der eine ging in die Lotterstraße: wir kennen beide schon.
Lisa packte ihren Koffer, es lief mithin plangemäß. Sie würde morgen zum Lehrgang fahren. Kunze sah erleichtert auf die zusammengefalteten Hemdchen, die Strumpfhosen, die Taschentücher. Das Fieber war hoch, aber die Tabletten wirkten schon; ein Schwindelgefühl, er war noch matt. Aber jetzt würde es bergauf gehn. Es würde alles in Gang kommen zwischen ihnen. Lisa machte ein selbstverständliches Gesicht. Sie war nicht dankbar, kein dementsprechendes Wort. Sie war vergnügt. Das war halt ihre Sicht, sie war sich der gesellschaftlichen Bedeutung –
Natürlich war sich Lisa Hinze der gesellschaftlichen Bedeutung bewußt. Sie, die junge fähige Frau, um die sich der verdienstvolle Mitarbeiter –
Als es spät wurde, die Instruktionen, fragte Kunze sacht, ob er etwa, gar, vielleicht, er weiß ja nicht, bleiben könne?
LISA Wenn de schonn mal da bist – et wär doch scheen.
Im Bett blieb sie stumm. Kunze, der sich real einschätzte, war doch bedrückt. Sie waren noch nicht weit ... Mehr Angst als Liebe, Jugendfreund. Oder Desinteresse, Kollegin. Er versank in die konkrete Analyse der sehr konkreten Situation.
Als sie am Morgen zum Bäcker liefen, Lottum, Wilhelm-Pieck, drückte Lisa miteinmal kurz und fest die Finger seiner Hand. Er zog den Kopf ins Genick, hielt seinen Arm wie eine kostbare Ausgrabung, mehr gab es nicht zu finden. Eine Freude, die er nicht mehr gekannt hatte, flaggte aus allen seinen Poren.
Es war der wesentliche Augenblick dieser Jahre.

Als er Lisa zum Lehrgang gefahren hatte, war Hinze ein paar Tage guter Dinge. Sein Freund kam zur Ruhe, der heilte aus, er selber hatte ihm, unvermutet, beigestanden, indem er zur Seite ging ... Der hatte sein Leiden an Lisa festgebunden, daß es auf der Stelle trat; nun war es von ihm getrennt. Sie war das Zugpflaster, der Bockshornklee, das Abführmittel. Der Heilgehilfe grinste. Sie hatte den Herrn behandelt, im Wartezimmer; geschnitten, hoffte Hinze. Er fuhr den Patienten mit 70 Sachen durch die Stadt, um einen Rückfall zu vermeiden. Aber da waren die Ampeln, wo sie warten mußten wie jeder Trabant. Erst äugelte Kunze noch müde auf die Bürger, die den Steig verließen, schwatzende Fußgänger, die sich unverschämt Zeit ließen. Dann, im zähen Verkehr, heftete er die Lichter an eine Passantin, ein paar Meter, an die nächste, umschlang endlich den Vordersitz, stippte den Zeigefinger in das Abendlicht, leckte ihn ab und reckte das Kinn vor, die unmißverständliche Weisung. Der magere Fahrer mit dem Mistkäfer über die Anlagen Spielstraßen Abfallplätze. Der Stämmige, nun wieder, Lebendige, der sich herausrappelte aus dem kurzen Leib, mit mühelos fröhlichem Kopf, er streckte die Lippen gespenstisch aus, keuchte, schlug energisch die Hand in die Luft, und der Wagen hielt.
Es hatte sich nichts gebessert. Anfall folgte auf Anfall, nach dem Dienst, die Krankheit wurde akut. Obwohl der Dienst lang war, hart, nicht zu beschreiben hier, und Kunze ruderte mit schlaffen fahlen Gliedern aus den Portalen. Am Abend lief er gepeinigt, ein Rasender auf die Gasse. Begreife es wer will! ich nicht, Hinze nicht, Hinze nie.

Und der Wagen hielt, oder fuhr hinterher im Schritt (Hinze strebte schamhaft zur anderen Seite hinaus), hielt Ecke Schönhauser, Pankow Kirche, Bürgerpark, die Angesteuerte, die da vorn, jetzt muß ich zusehn, daß ich sie nicht verwechsle, die Rothaarige, die sich gleich mitnehmen ließ: Marie *liebt* große Wagen. Maria dehnte sich im Hintersitz, es hätte die Hohe Tatra vorbeifahren können, Maria hätte nicht ehrfürchtiger auf die Spitzen gesehn. Hinze war ein ungerechter Mann, von vielem stummem Fragen zermürbt, für das er nicht bezahlt wurde. Er konnte auch immer nur die Vorbereitungen beobachten, das Basislager, das Bilden der Seilschaft. Vielleicht das Sichern noch; der eigentliche Aufstieg entzog sich unten, auf der Straße, seinen Blicken. Oben aber obwohl Maria beim Sie blieb ich bewundere Sie mußte sich einer auf den andern verlassen im Riß nur auf Reibung kletternd. Kameradschaft: die keiner im Tal versteht. Maria hielt Kunze fest ließ ihn vorsteigen die bekannten die wenig begangenen Wege und Varianten. Oben jubelte sie glücklich, kaum hatte er sie nachgeholt oder sie hangelten gemeinsam über die letzte Spalte jodelte Maria hemmungslos daß es in den Wänden hallte und die Nachbarn neugierig die Radios ausschalteten. Dieses gleichzeitige gleiche dieses Gipfelglück: er hatte es nicht gesucht, jetzt rannte er dafür in die Natur! Diesen Ausblick diese Probe die Freiheit der Berge. Natürlich wenn er hinter dem Vorsprung verschwand oder sich abseilte in seinen Bungalow glitschte Maria das rote Haar in die Tränen und bettelte die Verbindung nicht abreißen zu lassen. Ein Telefon damit Sie mich an der Strippe haben helfen Sie mir ein Dringlichkeitsfall! Lassen Sie Ihre Beziehungen spielen. Er sah die Notwendigkeit nicht ein nicht daß er nicht wenn es sein mußte Vergünstigungen Hilfe Sonderregelungen auch auf krummen Wegen kam man zum Ziel. Aber das überlastete Netz die Kabel in Pankow unter Wasser. Er blätterte immerhin im Telefonbuch wählte an wurde vertröstet brauste auf wurde zurechtgewiesen drei Wochen die Finger wund. Maria wurde ungeduldig. Hatte kein Verständnis für Lieblosigkeit in der Sache, war nicht mehr aufgelegt zu Spritztouren. Mal ein Abstecher noch, ließ den Dicken allein hinaufjächen. Auch versiegte der Jubel auf den bekümmerten Lippen. Er sagte ihr eines Tages klipp und klar, daß er keine logische Begründung für einen Anschluß – Es war das unpassende Wort für eine gereizte Hörerin, die nur darauf wartete, eine Mitteilung zu machen. Fernmündlich aus dem Büro: sie habe die Tour satt. Sie lasse sich nicht sinnlos durch die Gegend schleifen, wenn keine Aussicht sei. Sie habe übrigens, damit er sich nichts einbilde, nie einen Gipfel erreicht. Sie habe ihm gefällig sein wollen, aber nun erübrige es sich wohl. Sie habe sich im Menschen getäuscht. Adieu. (Berg heil.) Es knackte in der Leitung in Kunzes Kopf. Es war ein Gespräch durch das Transatlantikkabel in die andere Seite der Welt. Kaum glaublich, daß man die

Worte hörte. Rein technisch ein Wunder; schon daß die Verbindung zustande kam! Ob die Leute da drüben fähig waren zu empfinden, wußte Kunze nicht, aber zwischen ihm und ihnen war nicht viel möglich. Allgemeinplätze, Begrüßungsworte. Berechnung. Wie sollte man es aushalten?
Er hing an der Strippe wie ein Toter.
Aber er lebte ja, aber in welchem anderen Leben! entsetzlich getrennt.

Oder der Wagen hielt, oder in der Spandauer, im Internationalen Buch, in der Konditorei des Opernhauses die kleine an den Tisch geduckte Person, herum die armschlagenden bärtigen Komponisten, graue zauslige Raubvögel, die Bier in die Hälse oder aufs Parkett gossen, pardon, die wenn die nicht gerade ernste Musik komponieren lachen die sich kaputt, sie hob den Kopf, prima vista schwarzes Haar gescheitelt um das weiße Gesicht durchdringende schwarze Augen Kohlen, glühend aber schwarz, also bleiben wir bei ihr
aber das war nicht so einfach
aber die Schultern zurückhaltenden Brüste die Hände scheinheilig im Schoß! Die ausgreifenden Pianisten und gierigen Geiger versammelten sich tremolierend vor dem lieblichen Motiv, und Kunze ein Künstler schon lange warf sich hechtete an das Tischchen taktlos lange Pausen, bis er eine unsachliche Einführung formulierte, über die sie nur lachen konnte. Aber sein Blick mit so ungeheuerlich ungenierter Sicherheit, daß er schon nicht mehr als Flegelei empfunden wurde, stocherte in der Glut. Und Mann und Kind und Vater Mutter Freunde er mußte sich durchschlagen tagelang sich in ihr Vertrauen schleichen zerkratzt mit blutenden Lippen, er mußte Lieselotte ernsthaft bitten in der Diskussion nicht gerade die unbekleideten Körperteile zu versehren wie sah er denn aus. Das kann er sich nicht erlauben! Aber seine Funktion interessierte Lieselotte nicht: das war es, was ihm gefiel, das reizte ihn auch ihre Verhältnisse zu annullieren ein Strich hindurch am Vormittag im Parterre rechts weißgekalkte Allzweckzimmer ein Kinderställchen Notenständer. Das weiße durchdringende Gesicht glühendes Haar er trug die Kohlen aus dem Keller oder alles so ungefähr

so ungefähr trug er sie davon.
Jetzt hatte er sie, sie ließ ihn nicht los. Sie hing an ihm, das mag nun lamentoso klingen. Wie kam er dazu? (fragte er sich; hatte er diese Anhänglichkeit verdient? Hatte er ein ehrliches Spiel gespielt? Hatte er nicht sich sie alles überspielt? Seine Stellung, auf die sie spitzig pfiff – er hatte sie aber innerlich inne, eben deshalb! Er gab sie nicht auf in Gedanken im Bett. Er hatte die anderen nicht verdient, im Bett. Es war ein Augenauswischen.
Keine Lügen mehr; man begann überhaupt oben die Dinge nüchtern zu sehn.)
Wie kam er dazu (aber jetzt wollte ers nicht mehr wissen), daß Lieselotte ihn verfolgte mit ihrer Aufmerksamkeit? Mit ihrer leisen Stimme in die bewohnte Wohnung dirigierte. An das Kinderställchen, an den Teetisch, der jugendliche Gatte ein gekränkter Souverän. Und die Lippen brav zusammenzog zu denkbaren Küssen und die Augen schürte, daß die Brandblasen unter der Kledasche brannten. Jetzt war sie zu leicht zu haben, jetzt hatte er sie am Hals. Lieselotte: das klang schon nach zuviel. Er wehrte sich höflich. Löste ihre Hände verlegen von seinen mit grauschwarzer kräusliger Wolle bewachsenen Schultern und Brustwarzen. Angelte sie, schon leicht entsetzt, mit einem Ruck aus seinen Leisten. Er fühlte sich aufgefordert, einberufen. Es war ein Zwang: da waren sie nicht gleich bei der gleichen Sache. Da wurde ihm anders. Da wußte er nicht mehr, was er von ihr wollte. Er stieß sie weg. Schrie sie an. Verbat sich einiges. Öffnete eisig die Zähne. Ging. Langsam. Aus dem Weg.
Aber sie lief ihm lächelnd darüber.

Hinze wich geschickt aus, drehte eine Kurve über den Grünstreifen vor dem hier nicht genannten Gebäude und gab auch der Polizei das Nachsehn. Für den Freund nahm er die Sünde auf sich; der belohnte ihn mit einem Schlag ins Kreuz. Sie fuhren ein Stück in die Prärie, Karl-Marx-Allee. (Aber an größeren Ansammlungen, Versammlungen kam man nicht vorbei: und Kunze mußte aus dem Wagen. Vor die Kunzkenner, die ihm einen Einlauf machten seines hahnenhaften Verhaltens wegen, das sie einschätzten als eine Krankheit. Er fühlte sich gründlich mißverstanden.)

KUNZE Es ist ein Skandal, es geht nicht so weiter mit mir. Das muß einmal gesagt werden.
Hinze schwieg freundlich.
KUNZE Aber von wem? Bis es amtlich wird, muß es eine Dimension haben, daß die Sache gelaufen ist. An der Basis, wo der Fehler im Kleinen beginnt, da schweigt man.
HINZE Wer soll es dir denn sagen.
KUNZE Gerade mir, der ich genötigt bin zu Entscheidungen, muß man die Meinung geigen. Ich bin darauf angewiesen.
HINZE Das traut sich keiner.
KUNZE Und ich handel, ohne Rücksicht auf die bestehenden Verhältnisse, und reite mich hinein. Dann sitzen wir in der Scheidung und was denkst du? Noch immer kein Wort.
Natürlich dachte es in Hinze, aber in der leisen volkstümlichen Art, die schwer zu registrieren ist.
KUNZE Ich kann mir leid tun. Ich kann nicht gegen mich, und gegen mich kann auch keiner, es sei denn so hoch Angebundene, die selber die Sorgen haben. Es wäre ein Autodafé.
Hinze, beschämt, versuchte eine Selbstkritik loszuwerden:
Du kennst mich, Kunze, ich bin ein höflicher Mensch –
KUNZE Genosse Kunze bitte, ja!
HINZE Es ist mein Fehler, aber wer hat ihn unterstützt?
KUNZE Das sag uns mal, offen heraus.
HINZE ... Ja, du kannst mir leid tun.
Kunze lehnte sich im Präsidium zurück. Wie wurde denn hier diskutiert?
KUNZE Ich entziehe dir das Wort!
Aber Hinze holte es sich wieder durch einen Antrag zur Geschäftsordnung.
HINZE Ich will dir mal was sagen ...
KUNZE Sprich, aber zur Sache.
HINZE Wenn du es hören willst –
KUNZE Faß dich kurz. Du kannst mir alles sagen.
HINZE Also gut:
KUNZE Vielleicht sollten wir überhaupt mehr die Gemeinsamkeit betonen. Wir wollen doch hier keine Fehlerdiskussion. Wem nützt sie?

Hinze verstummte; das heißt er nahm nun an der Diskussion teil.
HINZE Du meinst, wir brauchen nicht die Kritik, wir sehn die Zustände.
KUNZE (nickte:) Wir haben die Weltanschauung.
HINZE So hoch würd ich gar nicht greifen. Ein Ausschnitt kann schon viel lehren. Man sollte mit einer Landanschauung beginnen. Oder gegebnenfalls auf einen Menschen sehn, wie er hinkommt.
KUNZE Wo er hinkommt; auf welcher Seite er steht!
HINZE Gewiß, aber wenn man nur die Seite betrachtet und keine Menschen darauf, möchte sie unbewohnbar scheinen. Das Überraschende ist aber immer, daß Leute da leben, das unterschätzen wir. Dabei ist es das einzige Argument, für die Betroffenen. Wir verschenken es.
KUNZE Weil wir großzügig sind. Eine große Idee ist nicht darauf angewiesen, daß sie in jedem Moment stur bleibt.
HINZE Das ist wahr. Wenn es nur im Großen stimmt, der einzelne muß sehn wo er bleibt. Natürlich darf man ihn nicht entmutigen. Deshalb ist es gut, von Zeit zu Zeit auch kleinere Ideen und Vorschläge anzubringen, die anwendbar sind. Aber damit haperts. Obwohl, ich will nicht ungerecht sein. Wir haben dafür die große Idee in ein handliches Format gebracht, so daß sie die spontanen Gedanken ersetzen kann. Man kann die Idee bei sich führen, in der Aktentasche oder der Frühstücksbüchse, für den Fall es konkret wo mangelt. Das ist eine Leistung unserer Philosophen, die Praktiker sind und sich in der Theorie nicht ablenken lassen.
Kunze sah mißtrauisch in Hinzes rückgespiegelte Augen.
HINZE Das war nicht immer so. Es gibt den Fall, daß Trotzki sagte: die Gewerkschaften sind das und das und sollen sich nichts anmaßen, man muß sie durchrütteln. Und er rüttelte, und was kam heraus? Aber Lenin sagte: nun laß mal die Theorie, es geht jetzt nicht um die Theorie, es geht darum, daß wir soundsovieltausend Pud Getreide beschaffen. Man muß nicht alles auf den Punkt bringen. Das ist vergessen, obwohl das Pud immer noch Sorge macht und die Theorie auch nicht mehr die Theorie ist.
Kunze wunderte sich wieder über den Experten und fügte weise hinzu:

Ja, es geht jetzt nicht um den Punkt sondern um die Linie.
Und Hinze, mit dem Lachen, das ihn ab und an ankam: Und darum, wie man die Kurve kriegt.
Er versteuerte sich, rammte um ein schwarzes Haar die Anhängliche, Lieselotte, die noch immer vor dem Gebäude stand. Sie fuhren also noch ein Stück.
KUNZE (auf den bequemen Sitz gestreckt:) Was du von dem Pud sagst, erinnert mich daran, daß wir noch immer aus der Armut operieren, weil das Hemd zu kurz ist. Wir kämpfen um jedes Gramm, um jede Sekunde, als wenn wir sonst verhungern müßten. Wir arbeiten um unser Leben! Es ist ein Kampf, der sollte einmal aufhören.
HINZE Das wird nicht einfach sein. Wenn die Arbeit nicht mehr das Leben kostet, verliert sie den Ernst und die Leute machens aus Vergnügen. Dann reißt sich jeder darum, aber die Möglichkeiten sind begrenzt, das gibt neue Probleme. Man muß die Leute abhalten von den Maschinen, wo sie flippern wollen und optimieren. Da braucht es ein ganz andres Bewußtsein. Im Kampf wie jetzt langt der Zwang und der materielle Anreiz, aber in einer ganz friedlichen Zeit müßte auch ein *Sinn* drin sein.
KUNZE Der müßte sich festlegen lassen.
Hinze hielt jetzt unvermittelt hart vor dem Haus. Lieselotte sofort auf sie zu. Kunze fühlte, daß er nun angewiesen war auf die Weisheit des Volks. Aber natürlich, es war üblich, sie ihm erst beizubringen, bevor man sich auf sie berief. Er faßte also einen Beschluß und legte den Entwurf vor.
KUNZE Wie wäre es, wenn du sie übernimmst?
Das war eine neue Linie.
HINZE Lieselotte, ich?
KUNZE Beschäftige dich damit. Beratet es.
Hinze sah die Vorlage nicht erst gründlich an, er konnte sich auf ihre Stichhaltigkeit verlassen. Aber der Anschein von Demokratie mußte gewahrt werden.
HINZE Wie stellst du dir das vor. Ob die einverstanden ist –
KUNZE (auswendig:) Mehr Vertrauen in die unteren Organe ...
HINZE Auf dieser Ebene seh ich keine Probleme.
KUNZE Na also, es wird dir etwas einfalln.

HINZE Im Traume, wie.
KUNZE Im höheren Auftrag.
HINZE Im gesellschaftlichen Interesse.
KUNZE Genau. Bring es ihr bei.

Das waren natürlich nur Worte. Wenn ein Beschluß gefaßt war, gab es kein Zurück mehr. Da hörte die Diskussion auf. Kunze sprang links aus dem Wagen und lief um Lieselotte herum in das Portal. Hinze stand da mit ihr. So ging das zu. Der eine kam davon, der andere kam dazu, jeder sah wo er blieb. So hielten sie es aus miteinander.

Aber warum hielt es Kunze, fragten sich Hinze und einige Leser in den üblichen Zuschriften, nicht bei seiner Gattin aus? Das ist ein Kapitel für sich, das ich eben beginne. Wir nähern uns nämlich wieder dem Bungalow. Wir wollen hinein, weil Frau Kunze zu kurz gekommen ist. Aber Kunze verharrte zwischen Tür und Angel auf dem neuen Plattenweg. Diese letzte Verschönerung des Anwesens schien ihn zu verstören. Er blickte/und ich blicke durch die Tür ... in eine Trümmerlandschaft. Kriegsende, Frankfurter Allee. Trude sah wie eine Erwachsene aus, Kopftuch um das Haar, in Kittelschürze. Er mit nacktem Oberkörper und langen Hosen, warf ihr die Ziegel zu, sie fing sie behende auf. Er trat ein Stückchen näher, noch einen Ausfallschritt, bis sie Schulter an Schulter standen und er ihr die Steine sacht in die Hand gab. Der Schweiß schoß ihm in die Augen, sie wischte mit einem staubigen Ärmel drüber. Am Nachmittag, Oranienburger Tor, Trude war lustig, maulfroh und dünn. Er traute sich, Alkolat zu bestellen. Als er sie nachhause brachte, hatte sie keins ... Er stand noch vor der Tür/ich, und spähte ins Duster. Die Tante erlaubte keinen Besuch von *Männern.* Er sah nicht wie ein Mann aus, und er brachte Brot mit, das er in der Küche heimlich abschnitt, oder Zigaretten vom Schwarzen Markt. Das Brot bekam die Tante; sie saßen hungrig in dem Dachzimmer. Trude war schon mit Wassern gewaschen. Aber sie las ihm zuliebe, nach der Schicht, die Bücher mit, alles was er für sie unterstrich. Er unterstrich fast jede Zeile. Er fragte sie ab: er wußte die ganze Zukunft. Die Zukunft gehörte ihnen. Das war gewiß. Er meldete sie zur Abendschule an. Er unterstrich: *Die Verwandlung der persönlichen Mächte in sachliche durch die Teilung der Arbeit kann nicht dadurch wieder aufgehoben werden, daß man sich die allgemeine Vorstellung davon aus dem Kopf schlägt, sondern nur dadurch, daß die Individuen diese sachlichen Mächte wieder unter sich subsumieren und die Teilung der Arbeit aufheben. Dies ist ohne die Gemeinschaft nicht möglich. Erst in der Gemeinschaft Individuum die Mittel, seine Anlagen nach allen Seiten hin auszubilden; erst in der Gemeinschaft wird also die persönliche Freiheit möglich* ... Er sah in einen Korridor, der war lang und künstlich erleuchtet. Jede Tür ein Ressort. Der eine macht etwas macht es mit – dann ist man schon nicht mehr Herr seiner Entschlüsse. Er hat es gewollt; wer war man nun? Er setzte sich ein, er wurde eingesetzt. Was herauskam, stand auf einem anderen Blatt. Wie das einer gesprächigen Frau erklären? Er lief durch die Türen; was wurde *erreicht*? Nie was er hoffte: es war dann immer *anders*. Er versuchte, mit kleinen klaren Worten zu reden, und sprach von oben herab. Er preßte die Lippen aufeinander, in ihre Brüste, er klammerte sich an ihren Leib. Sie stand fest auf den Beinen. Sie war stabiler geworden, mit kleinen Polstern unter den Augen. Ein Leben nach der Uhr, die im Schulhaus schrillte ... Er stieg einen Hang hinauf. Er schwitzte, er war es nicht mehr gewöhnt, aber er war froh, die Beine zu spüren. Es ging durch tiefgrünen Wald, der Duft schlug durch die Kleider. Oben auf der kahlen Kuppe streifte er die Maske ab und fühlte sofort die Sonne auf dem Nacken, und als er die Augen öffnete, sah er, daß es eine Aussicht gab. Er war verblüfft, dann aber spielte er nur den Überraschten, um die Anwesenden herauszufordern. *Es ist etwas möglich.* Er zog auch Trude die Tüte vom Kopf – und sah ein anderes Gesicht. In seinen Poren explodierten winzige Kapseln, er sprang vor brennender Lust umher. Er war jung. Er grinste in die Unterstände. Lisa, denn ihre Züge hatte das Gesicht, aber zerrte den Mund einverständig breit. Er trug sie weiter, er federte schneller als er je vermochte durchs Geröll ... Er mußte durchsehn in diesem Roman. Was war geschehn, in einem Menschenalter? Er starrte/ich in den Bungalow. Alles *eingerichtet.* Sie hatten sich etwas geschaffen, eine Position. Nichts so Modernes, die Möbel aus den fünfziger Jahren. Daran hielt Trude fest. Es roch nach Bohnerwachs und Politur. Es stank ihn an, aber alles blank. Alles ordentlich vollgestellt. An seinem Platz. Hatte er ihr nicht alles angebracht? Stores und Über-

gardinen, bloß keine nackte Natur im Blick. Enge im Komfort; jetzt hatte er etwas für leere Räume übrig, Studentenbuden, wo nicht einmal Bilder an den Wänden hängen, oder Lisas Hausung mit den leeren Rahmen. Matratzen auf dem Boden, die am Tag so liegen blieben (sollte er es sagen? es wäre Trude als Verrat erschienen). Jetzt wenn er mit Schuhen auf die Dielen lief, kam ein Schrubber hinterher. „Dreckerei", er sollte nichts „hereinschleppen". Keine Diversion. Teppiche, Präservative. Wenn er reden wollte, öffneten sich ringsum die Schubläden, mit dem empfindlichen Porzellan. Da trank er den Mokka stumm. Es war ja alles einwandfrei.
Es stand noch alles fest, und es war entsetzlich. Er trampelte quer über die Blumen. Er schrie in die Tür hinein. Trude stand fassungslos in der Küche.
Es hatte nichts mit ihr zu tun. Sie hatte keine Schuld an sinen Umtrieben; und die Neubauten, so wie wir sie kennen, waren auch keine Lösung. Das konnte Frau Kunze trösten, dem seine Unruhe saß tiefer. Bei dem war es weit hinein böse.

Die Zielstellung war real: Hinze abkömmlich, Hinze nicht ausgelastet, Lisa zum Lehrgang fort, Lieselotte wartete ohnehin. Es ist keine Phrase, daß Hinze mit Lust an die Erfüllung des Beschlusses ging. Es war ihm ein selbstverständliches Bedürfnis. (Wir unterschätzen die Werktätigen in diesem Punkt.) Freilich war es mehr als *ein* Spaziergang – für einen Kraftfahrer eine gewisse Härte. Aber er mußte die Bedingungen schaffen. Es schien zunächst leicht, Sommer, am Abend, Unter den Linden. Überzeugungsarbeit, eine schlüpfrige Sache, er wollte ihr ja nicht politisch kommen. Auf dem Ohr war sie sowieso taub. Aber auf dem anderen hörte sie etwas heraus, das sie in Zorn versetzte, rote Rabatten auf den weißen Wangen, die schwarzen Haare standen strubblig auf, die Fäustchen vor die sachte Brust gepreßt. Die Augen drangen mühelos durch Hinze durch. Es war nichts Festes in ihm, kaum eine Absicht. Kunze war beschäftigt, er aber fand Zeit. Kein Bedauern seinerseits. Er zog es vor, so zu tun, als sei nichts dabei. Das entsprach auch seiner hingesagten Meinung. Er machte kein Problem daraus. Ein Ersatzteil, das tat es auch! Sie schlug mit den

Fäustchen auf das magere Scheusal ein. Die Leute blieben stehn, ein Polizist mit einem Hund. Hinze lachte beiden versöhnlerisch zu, sie kamen zögernd näher. Lieselotte: Wangen wieder kahl. Hinze sprang auf die Hände, hob sich in den Handstand.
Polizist Stehn Sie auf, Bürger.
Halt dich raus, sag ich zu ihm, halt dich raus, sag ich dir. Es bringt nichts ein.
Hinze Guten Tag.
Polizist Aufstehn.
Hinze Was meinen Sie?
Polizist (zeigte auf ihn:) Sie da!
Hinze Meint er meinen Schwanz?
Hinze lief auf den Händen los, Lieselotte folgte ihm still.
Polizist Habe ich gesagt, daß Sie gehn könn?
Nein, antworte ich, wozu, mein Lieber, er kann es so. Was glaubst du denn? Wir können beinahe alles so.
Polizist Was heißt: mein Lieber!
O nichts, es heißt nichts.
Polizist Das will ich auch hoffen.
Es kommt nicht wieder vor, sage ich, daß ich Sie bemühe; ich bemühe mich, Sie herauszuhalten, aber versuchen Sie es auch. Generell. Adieu, mein Herr.
Der Polizist verschwand erhobnen, der kluge Hund gesenkten Hauptes aus dem Buche. Hinze und Lilo lachten los. (Ich habe es jetzt leichter mit ihnen; die Polizei: dein Freund und Helfer.) Lilo dachte nicht mehr unbedingt an Kunze, sie schaute dem spillrigen Fahrer zu, wie er sein Bier trank in der Bärenschenke. Zu ihr ein Ton, wie seit zehn Jahren in derselben Sparte. (Karnickelzucht) Sie war aber Studentin, Musikerziehung/Deutsch. Vor dem Staatsexamen. Er nahm es ihr nicht ab, er fand sie klug genug. Sie macht das schon. Das war sein Trick: die Verbraucherhaltung zeigen. Wir sind Wegwerfware. Nur, wenn er sie ansah, hob er sie immer wieder auf. Glättete sie sorgfältig, säuberte sie und faltete sie zusammen. Strich immer wieder sacht darüber, hauchte sie an, knüllte sie übermütig in der Hand. Aber nicht kaputtmachen! Bastelte ein Schiff. Einen Helm. Einen Flieger: wegwerfen: so. In die Lottumstraße. Sie trotzte vergnügt, lachte ihn grimmig an.
Obwohl so einfach, wie es in der Zeitung steht, war es

nicht. Es herrschte noch keine Klarheit in den Köpfen ... in ihrem Kopf. Er mußte schrittweise vorgehen, er nahm erst Liese, dann Lotte, schließlich aber beide. So gewann er sie für die Sache, eine wie die andre. Und sie waren nicht genug. Wir können Kunze melden: der Beschluß wurde erfüllt, und übererfüllt.

Oben nahm man die kleinen Siege kaum zur Kenntnis. Kunze saß steif im Wagen, trommelte mit den kurzen festen Fingern auf die Lehne. Sah nicht auf die sommerlichen Frauen sondern in die Ferne, wo die Chausseebäume zusammenrückten und zu einem Grün verschmolzen. Immer auf den fernen grünen Fleck, diese Vereinigung.
KUNZE Wir müssen die Technik meistern ... Sagt schon Stalin. (Er lachte ernst.) Maria hat mich drauf gebracht, das Aas. Die kalte Kuh. Wir müssen auf bisher nicht erlebte Weise neue technische Möglichkeiten nutzen ... auf jene Stufe heben, die den Erkenntnissen unserer Zeit entspricht.
Produktionsprobleme, ein ganz ein seltenes Thema; nur seltsam, daß er keuchte, flatterte, sich erregte. Hinze hörte mit halbem Ohr hin.
KUNZE Maria, verdammt. Man muß den Erfolg organisieren.
Was für ein Grün.
KUNZE Darin steckts ... Man darf sich nicht zufriedengeben, eh wir zufrieden sind. Sonst leben wir weiter wie die Rucksackbullen. (Er schrie:) Es ist alles eine Frage der Organisation!
Er rieb die breite Brust schwitzend am Vordersitz, starrte gradaus. Hinze, zurückgelehnt, war jetzt ganz Ohr, das lebende Stethoskop. Er gab für alle Fälle Gas, der Wagen eine Ambulanz, die in die Innenstadt raste.
Wenn ich jetzt weiterschreibe, wird es ein medizinischer Bericht. Die Krankheit war ins nächste Stadium fortgeschritten. Die Kunze damals begegnet sind von unseren Leserinnen, werden es wissen. Es wird ihnen jetzt ein Licht aufgehn, das wir in die dunklen Nächte bringen. In ihre durchlittene Lust, ihren genossenen Schrecken. Er war nur noch ein Mensch, wenn er es *schaffte*, wenn er völlig in-eins kam. Deshalb die Exerzitien, die Effekthaschereien. Der

Stimulant, der Einzelkämpfer, der feiste Rekordmann, erstaunlich gelenkig, obwohl er Mitte Fünfzig war, mit triefenden Schulterblättern, silbrig glänzend, die nicht sehr hohe Stirn plötzlich gefurcht, die Augen die Pole ihres (queren) Gegenstandes greifend: Brust und Arsch, das kräftige Gebiß versenkt in – (Sie erinnern sich, Regina? Gisela? Sie haben die Details im Kopf? Wir können weiter?) Zusammen – war die Große Losung. Darauf brannte er, dafür lag er auf dem bedeutenden Bauch. Das war *das mindeste,* aller Tugend Anfang. Sein heftigster Anspruch, dem er sich stellte/legte: wie es kam.
Aber wie kam es denn? Hinze verstand nun nichts mehr. Ein neuer Tick; er konnte es ja nicht sagen ... Und der Chef schätzte seine Lage gänzlich anders ein. Der fühlte sich im Kommen. Es war ein Wettbewerb, die hundertprozentige Erfüllung. Lauter solche Worte (ich schreibe mit): Elan, Zuverlässigkeit, Bilanz. Pünktlich vorfristig kontinuierlich. Arbeitstägliche Leistung. Sortimentsgerecht! Nicht im Selbstlauf. Reserven aufgedeckt. Initiativen, Meisterpläne. Nach sowjetischem Vorbild, Produktionsvorlauf. Ein würdiger Beitrag. Ehrenwimpel. Er ließ auch durchblicken, daß seine Kollektive (Zweiergruppen, was!) die zweite zusätzliche Tagesproduktion anstrebten. Mit spürbaren Anstrengungen, nach persönlichem Angebot, nach öffentlichem Aufruf (in der BERLINER ZEITUNG). Da konnte man schwer gegen an, da konnte Hinze nichts sagen – er durfte nur fragen:
Wohin?
KUNZE (termingerecht:) Hosemannstraße 22!

Nach diesen privaten Unterbrechungen wieder zur eigentlichen Handlung. Natürlich vermeide ich, besondere Probleme zu berühren. Die ein galanter Roman nicht nötig hat. Es ging zwar um neue gesellschaftliche Anstrengungen aufgrund der besonderen Situation, die hier aber nicht beschrieben wird. Auch Kunze ließ nichts verlauten. Er behandelte die Schwierigkeiten sofort im großen Kontext, wo sie verschwanden. Das funktionierte in ihrem Zwei-Mann-Betrieb vorbildlich, ich möchte sagen: modellhaft. Die Sitzungen fanden während der Fahrt statt: in der Arbeitszeit, um Zeitverluste zu vermeiden.

KUNZE Also, Kollege, nimm Stellung. Bist du einverstanden?
HINZE Immer ... Was fragst du.
KUNZE Du stehst dahinter?
HINZE Völlig, ich komm fast nicht mehr vor.
KUNZE Hör zu, das ist eine entscheidende Frage. Allein können wir nichts, es muß jeder mitmachen.
HINZE Ja, das ist entschieden so.
KUNZE Wir tun nur was, indem es alle tun ... sonst wär es nichts.
HINZE (überzeugt:) Das ist doch was.

Er fuhr nicht schlecht, mit diesem Freund: das hatte sich gezeigt. Der arbeitete nicht in die eigne Tasche; der lebte sozusagen nicht für sich. (Ein Selbständiger, ein Privater wäre für Hinze unannehmbar gewesen, an die Kette ließ er sich nicht mehr legen. Das Thema zog nicht mehr.) Kunze lebte für alle, auch für Hinze, er nahm ihm ein Stückchen Leben ab. Hinze merkte nicht, daß ihm etwas fehlte; es kam ja dazu, daß das Leben immer besser wurde. Er mochte Kunze, zweifellos, der hatte ein hohes Bewußtsein. Hinze konnte sich in ihn hineinversetzen, vor allem wenn er mit ihm sprach – er hatte ein doppeltes Bewußtsein. Kunze aber, mit seiner einheitlichen Weltanschauung, duldete die des Freundes nicht, er verlangte sein Einverständnis. Seine Zustimmung, er war darauf angewiesen. Prinzipielle Differenzen hätten ihn zerrissen. Er brauchte die Bestätigung seines Tuns, er lechzte danach. Es war ihm ein körperliches Bedürfnis. Daß sein Kopf immer von oben nach unten nach oben ruckte, die Pole greifend, wie beschrieben, war nur ein Reflex dieser eingefleischten Haltung, sein politisches Augenmerk sprang ebenso zwischen Basis und Spitze. Er war ja hoch gestellt auf der Leiter, nun streckte er den Blick hinab/hinauf, um den Unterschied auszugleichen. Das war natürlich viel verlorne Mühe. Denn Hinze, weniger veranlagt, hielt sich stur an seiner Sprosse fest, nicht bereit, seinen Eindruck zu verwischen. Er hielt sich an die Ordnung (die darum nicht besser war). Er blieb unten sitzen, in der Karre, und ließ sich lenken.

300 km, in die grünste Provinz. Ein Katzensprung an sich. Hinze kannte die Karte genau. Aber Kunze, einmal beim Sagen, lenkte ihn auf eine neue Strecke, die allerdings, wie

sich erwies, in Planverzug geraten war. Umwege über den Acker, der Tatra lehmverschalt, Riesenschildkröte. Reifenwechsel, Kunze machte sich nützlich mit gutem Rat und schwarzen Fingerkupppen, die er stolz von sich streckte. Der Zeitverlust war nicht mehr aufzuholen, man mußte den Plan korrigieren. Er sah/hörte sich nicht erst um im Werk (ein Blick über die spitzen grauen Halden, auf das Kopfsteinpflaster; Backsteinförderturm, alte Kaue, neuer Verwaltungsblock), steuerte sofort das Kulturhaus an. Am Eingang ein kleiner aufgeregter Pulk, der aufatmend auseinanderfiel. Der Direktor und der Parteisekretär schüttelten Kunze die Hand. Glückauf, ob er sich erst erholen wolle? Kunze verneinte barsch, die Leiter nickten verständnisvoll und führten ihn erleichtert in den geschmückten Speisesaal. Alle, die darin gewartet hatten, erhoben sich und klatschten hart im Takt. Kunze lief, ein stämmiges Zirkuspferd, an einer unsichtbaren Leine gezogen, nach vorn an den rot gedeckten Präsidiumstisch. Er genoß den rauschenden Klang, der hatte die richtige Stärke, die gehörige Länge. Er ließ sich an den mittleren Stuhl drängen, faßte die Lehne, um ihn zu sichern, setzte sich sofort gleichmütig und entspannt wie auf eine Parkbank, während die Leiter noch standen und die Hände rührten. Kunze sah jetzt in die Versammlung und nahm für ein paar Sekunden bewußt den Beifall entgegen, für alle Kunzes der Welt, denen er galt. Er vertrat sie hier, er wußte, was ihnen gebührte, er klatschte energisch mit. Als er spürte, daß der Saal nachließ, zu erlahmen drohte (hinten hingen einige schon halb auf den Stühlen), hob er lächelnd die Hände und gab das Signal, doch endlich zur Sache zu kommen. Zog den Direktor, durch ein Winken aus dem Handgelenk, auf den Sitz, sah ermunternd an den Tischgenossen entlang. Der erste Redner begrüßte ihn noch einmal und bestätigte ihn in seinem guten Gefühl. Nun suchte Kunze die Blicke unten, hundert Bergarbeiter, manche in Arbeitskluft; musterte sie mit seiner ungenierten, wie wir jetzt verstehn: sich als selbstverständliches Recht gebenden Sicherheit. Natürlich kannte ihn keiner, natürlich konnte er sich nicht vermengen. Aber das allgemeine Schauen von unten tat ihm wohl. Er schlug die (schwarzen) Fingerkuppen sachte aufeinander, in einem bescheidnen, inneren Applaus. Wiegte den festen Nacken wie ein Zugtier, vor den Betrieb gespannt. Lauschte auf das Schurren, das Geraune, er war in seinem Element. Er strotzte vor Gesundheit. Blähte vergnügt die Backen, streckte die Fäuste auf das rote Tuch. Hatte er sich je krank gefühlt, unwohl in seinem Amt? Er lachte stumm auf. Unterstellungen, Gerüchte in seinem dummen Kopf! Er mußte nur hinhören, er wurde eines Besseren belehrt. Die vorbereiteten Redner, am schräggestellten Pult, sprachen alle zu ihm her. (Das war berechtigt, er war der einzige Ahnungslose hier und hatte ein Wort zu sagen.) Man gab ihm Rechenschaft, jubelte sie vor, dem ernsten Mann, und hob seine Stimmung weiter. Es war ein gesunder Staat. Man konnte sich etwas vornehmen, man konnte Sprünge machen. Es ging um hohe Beträge, es ging (man lese die Tageszeitungen nach) – es ging. Aber es ging um mehr! Kunze schritt wuchtig ans Pult. Liebe Kolleginnen und Kolleginnen. (Seine Zunge war schwer, zu groß, fuhr aus dem Mund.) Wir müssen uns höhere Ziele stecken. Wir müssen mehr erreichen miteinander. Mit weniger Aufwand mehr und Besseres schaffen. Die ständig wachsenden Bedürfnisse befriedigen. Wir haben ein Recht darauf. Auf Geborgenheit, auf Sicherheit, auf Glück. Es geht um unser Glück. Darauf alle Anstrengungen richten. Denn der Klassenfeind schläft nicht bei. (Es wurde unruhig im Saal. Man sah den Redner aufmerksamer an.) Wir dürfen die Hände nicht untätig im Schoß. Wir müssen Leistungen zeigen, auf die wir stolz. Wir müssen den Wettbewerb orgasimieren von Haus zu Haus. Die Nachtschicht, um die Nachtschicht kommen wir nicht herum. Wir müssen die Betten auslasten. (Einige Kollegen wurden ungebührlich laut, andere zischten Ruhe. Die Leiter sahen verdutzt aus ihren Notizen auf.) In die Betten, erkennt die Laken! Jeder jeden Tag mit guter Bilanz. Was wir nicht in unsere Hände nehmen. Wetzt die Scharte aus. Gebt euch hin! Proletarier, vereinigt euch! (Was ist los? rief jetzt der Parteisekretär und hielt sich blöderweise die Ohren zu, Wer ist das! schrie es im Saal, und ein Gelächter gluckste in den vorderen Reihen, und die hinteren erhoben sich aus der Reserve.) Es lebe der Frieden, es lebe der Orgasmus in der Welt! (Man entzog ihm das Wort, besonders dies eine, geleitete den Gast engagiert hinaus, durch die vollzählig mobilisierte Menge.)

Hinze war zur Stelle, übernahm den Alten in die schwarze Ambulanz. Hörte die besten Wünsche an. Dachte sich sein unbestimmtes Teil. Fuhr langsam mit der teuren Fracht zurück. Kunze, still, mit fast geschlossenen Augen im glatten nachtweißen Gesicht, sah auf die dämmrige Fahrbahn, vor der die Bäume auseinanderflogen, schwarz und wirr, ein lebloses Spalier.

Kunzes Krankheit war im Regierungskrankenhaus eine Rarität. Er hatte sich nicht freiwillig eingeliefert – seine Vorgesetzten hatten den Erschöpften, selber erschöpft in ihrer Geduld, eingewiesen. Das heißt der Höchste gab die Weisung, der Nächste reichte sie weiter, von Ebne zu Ebne die ganze Pyramide durch, bis Kunze sie empfing und sie Hinze erteilte: der sie ausführte. Der nicht fragte, es hatte keiner gefragt, es funktionierte einwandfrei: er fuhr Kunze in die Anstalt. Die Ärzte besichtigten den kräftigen Mann, unschlüssig, wohin sie ihn tun sollten. (Man sah, schrieb mein Freund F., so viel Gesundheit in diesem Alter nicht oft.) Die Schweißausbrüche seien natürlich des hohen Arbeitseifers wegen; auch die innere Unruhe konnten sie durchaus verstehen, schließlich, man hatte viel vor sich; aber die Schuldgefühle hielten sie für ein echtes Leiden, das eine Behandlung erfordere. (Es bot sich Hinze – und bietet sich mir – hier vielleicht die letzte Gelegenheit, Kunzes Eigenart *mit Sicherheit* als medizinischen Fall zu erkennen: und Hinze hätte weiter nicht grübeln müssen. Aber er hatte – und ich habe – nichts in der Hand, keinen veröffentlichten Befund; Ärzte sind der Schweigepflicht unterworfen, ich weiter dem Redezwang. Vielleicht wußten sie mehr, vielleicht auch nicht. Vielleicht heilten sie den Herrn; aber die Prophylaxe mußte öffentlich geschehn, indem alle Männer und Frauen

Ich bin zu erschöpft, das fortzusetzen.)

Kunze wurde zu einer Kur verschickt. Hinze fuhr ihn in den lieblichen Ort. Das Bettenhaus lag an einem steilen Hang, den andere Neueingänge ächzend erklommen mit dem schweren Koffer. Aber einmal hingeschnellt, mußte Kunze den Fahrer entlassen; Wagen waren hier nicht gelitten. Hinze würde einem andern Chef dienen die paar Wochen:

Erhol dich gut!
scherzte Kunze,
Mach dich mal dünne!
gab Hinze zurück,
Los und ledig. Zügellos!
Sie umarmten sich, klopften sich auf die starken/die mageren Schultern, Kunze drückte seinen kleinen Mund auf Hinzes hohle Wangen.
Er war nun verlassen, er kam unter Leute. Die Ärzte hatten ihm, trotz seiner hohen Stellung, ein Drei-Mann-Zimmer verschrieben. Kunze, von diesem Irrtum überrascht, protestierte schwach; die Kurärztin zeigte, selber verwundert, den dick unterstrichenen Vermerk. Da hielt er es für ratsam, sich den Anordnungen zu fügen. Er ließ sich für jede Prozedur notieren, die die Kurgäste den Hang hinunter- und hinauftrieb. Er war bereit, etwas für sich zu tun, er wollte sich helfen lassen. Es war eine ernste, eine staatliche Angelegenheit.
Diese Gesinnung teilten seine Zimmerkumpane nicht. Sie waren Kunze sogleich unsympathisch. Aber man mußte mit der Masse leben. Hermann war ein langer düsterer Mensch, für den Kunze nur den Begriff *eigenartig* fand. Lange Haare bis über den Hals, großer ungeordneter Vollbart. Folglich kein Mund, aber große lebhafte Augen, unter einer Nickelbrille mit irritierend winzigen Gläsern. Verblüffend hohe Stirn, hinter der aber nichts Gutes steckte, wenn man seine blödelnden, unvertretbaren Nörgeleien ernst nahm, was man wohl mußte. Nachlässig gekleidet: abgewetzte Kordhose, schäbiger Anorak bei jedem Wetter. Strümpfe hatten sie ihm wohl nicht mitgegeben. Und nachlässig auch sonst – und das vielleicht war das Eigenartige; eine laxe, durch nichts zu beeindruckende Interesselosigkeit, die sich in rauhen Lachstößen verriet, die nun drei Wochen das Zimmer füllten. Alles Reglement war in den Wind geschrieben. Er rauchte pausenlos Zigarren. Hatte immer Bier in Vorrat, in einer Aktentasche aus grauem fleckigen Leinen, soff es wie Wasser. Rülpste bei Gelegenheit, furzte nach Bedarf. (Kunze wandte den Blick entrüstet ab:) Der andere *Patient*, um einer Flasche willen, alsbald mit Hermann verbrüdert. Karli, der eher noch bedenklichere Typ, obwohl ruhig und sonniger Seele. Klein, dick, dicker Kopf, gedunsene Züge.

Bürstenhaarschnitt: brauchte sich nie zu kämmen, wie er überhaupt jede überflüssige Bewegung vermied. Nur auf die Kleidung legte er Wert, Schnallenschuhe, helle Hosen unten weit ausgestellt, geckenhafte Jacken. Hut. Aber ansonst: die Ruhe selber. Kunze nannte es erst bequem (wenn Karli nicht bereit war, das Licht zu löschen, der Schalter griffnah), aber es war die Bequemlichkeit eines unverschämten Menschen. Der Kerl hatte sich das beste Bett ergattert (indem er Kunzes Zeitung herunterblies), besetzte die Kleiderbügel, war zu faul, „sein“ Fenster zu öffnen im Gestank. (Faul: jetzt hatte Kunze das Wort.) Zu faul zum Frühsport am, zugegebnermaßen schikanösen, Hang. Zum Brunnen gingen beide nicht, sie mißtrauten seiner Heilkraft. „Unser Brunnen fließt woanders“ (Hermann, Lachstoß, Rülpsen). Sie pirschten im Kurpark, „bei die Menscher“ (Karli, träges sonniges Lächeln). Diese Jugendfreunde lebten sich aus.

(Ich werde überhaupt die Vermutung nicht los, daß die meisten Kurpatienten an ähnlichen Krankheiten litten wie Kunze. Warum sonst liefen sie wie losgelassen hinter dem andern Geschlecht her? Sobald sie aus der Bahn stiegen, spätestens aber bei der ersten Mahlzeit sahen sie sich gierig um und suchten etwas Passendes, dem sie aufdringlich, mit der Unverblümtheit rettungslos Ersaufender die Hälse hinstreckten. Und flüchteten über die Kadaver der ausgestochnen Rivalen/Rivalinnen weg in den Laubwald, in eine andre Umarmung, eine andre Beziehung, ein anderes Leben als das sattsam bekannte. Was ist los, Genossen? Was haben die Leute oder nicht? Diese grassierende, diese Volkskrankheit, die gerade zum Ausbruch kommt, wenn man die abgearbeiteten Personen herausnimmt aus dem Getriebe! Wenn sie ohnehin ausspannen und zur Besinnung kommen sollen, dringen sie besinnungslos ins Unterholz. In den Kurschatten, unter der Sonne des Sozialismus!)

Kunze hatte für den Ungehorsam kein Verständnis. Er kritisierte offen Karlis, seiner (seiner?) Gesundheit gegenüber, verantwortungslose Haltung (an Hermann traute er sich nicht heran, dessen kalter unbeteiligter Blick verschlug ihm die gewichtigen Argumente. Mit dem mußte man irgendwie anders auskommen). Das war hier auch ein Dienst – und ein geselliger. Kunze sah keinen Grund, den „Menschern“

nachzujagen. Man war hier beisammen, im großen Speisesaal bei gleicher Kost, im Gymnastikraum, auf der Promenade. Zu zweit, auf Abwegen: man hätte sich selber ausgeschlossen aus der Gemeinschaft, die das Erstaunliche, nunja Befürchtete, aber Großartige war. Er dachte wieder an Lisa: sie lernte, er gesundete. Er machte sich hier die Mühe. Ging nicht in den Wald wie Hermann, der Cherusker. Er ging mit gutem Beispiel voran.

Zum Beispiel unter die Schottendusche. In einen Keller, die brüchigen Stufen hinab, nackte zerfressene Wände, an denen umwickelte Rohre in rostigen Halterungen hingen. Das subtropische Klima benahm ihm die Luft, oder war es die bloße Erwartung der Tortur? An Tauchbecken vorbei in einen weiß gekachelten Raum, den vergitterte Glühlampen schwach erhellten. Kunze sah sich wohlig ängstlich um. Schläuche lose gerollt am Boden. In kurzen Abständen ein dröhnendes Geräusch, irgendwelche Motoren. Er harrte zehn Minuten, unerhört, aber er fand es angemessen. Er hatte hier nichts zu sagen, die konnten mit ihm machen was sie wollten. Es war ein ungewohntes, aufregendes Gefühl. Sollten sie! er würde gehorchen. Der Schweiß rann aus den Ärmeln. Er knöpfte, im voraus gehorsam, schon das Hemd auf, zog es endlich aus, bückte sich zu den Schuhen. In diesem Augenblick trat das Personal herein: eine Person. Eine Frau. Wie erwartet (man hatte ihn vorgewarnt). Er sah sie von unten her, er kam nicht gleich aus der Hocke. Schwarze Gummistiefel an den weißen unbestrumpften Beinen. (Er ruckte den Kopf hoch:) ein glitzerndes Haarnetz über dem Rabenhaar. Schmales wulstiges Gesicht mit strengem Blick auf den Kauernden, die Zähne zu, ein Oberlippenbart. Sie wartete, bis er grüßte; Kunze stand wie ein Knabe auf. Das war sie, er starrte sie verstohlen an: genannt Agathalaßdasmordensein. In den geöffneten Schuhen kam er sich wehrlos vor, es war ihm noch immer recht.
AGATHA Trag dich da ein.
Sie zeigte auf einen Schemel, hat die jetzt dich gesagt? Er mußte sich wieder bücken vor dem Buch. Sie stand teilnahmslos.
AGATHA Ausziehn.
Ein vorhergesehner Befehl, doch Kunze durchrann ein

Schauder, als stünde er schon unter dem Strahl. Er riß die Kleidungsstücke – zu enge, verfitzte, zugenähte Dinge – von seinen unförmigen Knochen, sah sich entschuldigend um.
AGATHA Tempo Tempo.
Er wagte nicht zu fragen: ob ganz. Er folgte freiwillig. Sie wies ihn in eine Bucht, mit einer einzigen großen Armbewegung, wie eine Herrin. Das Wörtlein hatte ihm schon auf der Lippe geschwebt – jetzt, als es in den Kopf drang, erregte es ihn bis in die Kopfhaut. Er tappte gegen die Kachelwand, lehnte sich mit den Fingerspitzen an. Er spürte sie hinter sich, vier oder fünf Meter entfernt, wußte nicht, was sie plante (im einzelnen, und im großen), er war ausgeliefert. Er haßte auf einmal das überlegene Gefühl, in dem er sich sonnte, wenn er aus der Sitzung kam vor Hinzes forschende Augen. Das Machtgefühl vor dem mageren kleinen Mann, der keine Ahnung hatte! Der, vergleichsweise, unwichtig war. Dann schoß der Strahl gegen seinen Rücken, ein angenehm warmer Guß, aber mit solcher Wucht, daß er in den Knien einknickte und sich bis zum Bauch durchbog, sekundenlang unfähig, einen Muskel zu mobilisieren. Er hörte Agatha kommandieren, verstand nicht, wollte den Kopf ergeben herumdrehn – das Wasser fegte ihn wieder zur Wand und prasselte auf die Nackenwirbel, schlug in die Schulterblätter, schlatzte den Rücken auf. (Harte Menschen, diese Schotten – nur ahnen sie sicher diesen Mißbrauch nicht.) Es gelang ihm endlich zu atmen, Stand zu fassen, aber der brutale Druck fledderte ihn, beutelte ihn, ließ ihn hilflos tanzen. Das war gemein, das war herrlich, unmenschlich. Ein Lachen sammelte sich kitzelnd in seiner Brust, schlabberte heraus, der Widerstand in den Fingerspitzen brach; er warf sich, noch empört, herum und ließ sich niederknütteln. Agatha vermeinte, den quirligen Mann jauchzen zu hören; er schlug die Arme, sank in die Knie vor der Gewalt. Barg den Kopf in den Armen. Sie brach das Spielchen ab.
Auf dem Massagebett wiederholten sich Kunzes Visionen. Agatha knetete sein Genick, drückte die Knoten aus den verspannten Muskeln. Es schmerzte, er preßte den Mund ins Tuch, kein rebellischer Laut. Er litt. Sie hatte ihren Namen nicht umsonst: Agatha laß, ihre harten Hände griffen

durch. Kunze wand sich ergrimmt, und von Demut gelähmt. Er mochte die Quälerei ertragen, sie könnte noch stärker sein, bis ans Äußerste gehn! Das geschah unaufgefordert (er wurde nicht gefragt), Agatha schlug mit den Handkanten sein festes Fleisch, nahm ihn aus, fuhr über ihn weg wie eine Natur-, wie eine Staatsgewalt. Daß es ihn schmiß, daß er sich nicht mehr fand. Agatha, seine strenge Geliebte, gab es ihm: so geht es zu in den Betten. Einer dominiert, der andre unterwirft sich: liebend gern; von Gleichheit keine Spur zwischen den Laken. Auch zwischen Zweien nicht, so wie wir gebaut sind und gemodelt von der Zeit. Agatha beherrschte ihn (ihr Handwerk), er mußte parieren. Er wünschte es sich, er haßte sich, in einer irrsinnigen Freude fliegend, man hätte ihn schlagen können. Zusammenschlagen. Erschlagen. Er stöhnte nun doch selbstvergessen, oder summte vor Schmerz, blökte eine Melodie (und dachte das Lied im Kopf):

Die Liebe kann uns helfen nicht
Die Liebe nicht erretten;
Halt du, o Haß, dein jüngst Gericht
Brich du, o Haß, die Ketten!
Und wo es noch Tyrannen gibt
Die laß uns keck erfassen;
Wir haben lang genug geliebt
Und wollen endlich hassen.

Er wimmerte zwischen den Zähnen, die Hände ans Bettgestell gekrallt, wölbte seinen bedeutenden Bauch den strafenden Händen entgegen und zischte:

Bekämpfet sie ohn Unterlaß
Die Tyrannei auf Erden
Und heiliger wird unser Haß
Als unsre Liebe werden.

Agatha nahm es nicht wahr, Agatha, das strenge Volk, machte ihre Arbeit, die mörderische Arbeit; Kunze vergaß die Frau, vergaß, daß sie eine Frau war, vergaß alle Frauen der Welt. Er hatte sie satt.

Aber ich nicht; aber Hermann und Karli nicht. Zur Bettruhe veranlaßt – Kunze löschte die Lampe – gaben sie Bericht über sogenannte Erfolge; Tagessiege, *kleine blutige Treffen* mit Anfängerinnen. Kunze bemühte sich wegzuhören, drehte dem Stoßtrupp den wolligen Rücken zu, aber die erstaunliche Ausdrucksweise Karlis nötigte ihm doch Achtung auf das Gespräch ab. Zudem verfuhren die Referenten eines Abends so, ihre Ausführungen als *schönste Liebesgeschichte* anzukündigen, womit sie in den kulturellen Leistungsvergleich traten, der der Erholung zuzurechnen war. (Erholen wir uns, Leser, betrachten wirs als Kur.)
KARLI (hockte bequem im Bett, den Hinterkopf mit dem Kissen an die Wand gepolstert, souveräne Diktion:) Ich fahr ja ni jeden. Ich such mer aus, mit wemch die Ehre habe. Und wohin ichn gudschiere. Wir fahrn also in Busch. Ich wollte schon immer son Schtamm besuchn, swar mer recht. Ich beuchte michm Brotokoll, galtes Bifeee mitm Häubtling, mei Chef hungerte vorsichtch, ich nutzte de örtlichn Räservn, Hausschlachtenes, eene Menge Frichte, diech noch ni gannte. Dann der Volgstanz off die ihre Weise, wie Jugenddisco bei uns offm Lande, nur daß de Fraun ni verscheuselt sin um de Brust rum, aber gänau so wilde. Ich mittndrinne, wennch schon mal dabin, ich unterhielt mich mit die, was es so zu sachen gab, mit de Hände. Und mit die Leute an den Gürbissen, Schwirrhelzern und Olifantn, die zeichten mir de Griffe, wir ham gutt gespielt. Dann rief der Häubtling seine zähn, sach ich, zähn Fraun aus der Grashitte, ich lehnte an eem Bananboom und sah se mer an. Eene scheene Familie, mei Chef geen Blick dafier, im Dienst isser wie blind. Der Häubtling sachte, aber der Chef verschtand ni, daß er sich zwee, aber der verschtand ni, zwee Fraun aussuchn soll, der verstand gee Wort. Und ich, in zweeter Wahl, ähmfalls eene. Der Chef sah mich bleede an, die Fraun schtelltn sich inne Reihe, aus Freundschaft ähm, aus Solidaridät, ich wußte sofort, fier welche ich vodiere. Eene Schlanke, Junge, schwarz von Gopf bis Fuß, mit große Oochen lächelte die in de Runde. Die Schlafschtelln aus Elefantngras, weeße Lakn drieber, hattch schon insbiziert. Die drehte sich sogar um, daßch se richtch sah, Lendengriebchen, gonische Briste, Schmucknarbn offm Bauche. Da, in diese bilaterale Verhandlung nein, drat der

Chef schwitzend zu mir, grause Schtirne, ganz schiefer Mund, und sachte unter der Hand: Mänsch, laß den Modor an. Ich verschtand ni recht, wasser wollte, ich war ungehaltn, aberch mußte zum Wachen, gontrolliern. Von eener Minute zur andern wars finster, de Grilln sächten de Nervn, aber der Wachen war in Ordnung. Aber schon gam der Chef mit seim Schattn angerannt, warfn sich in de Garre und wir braustn unter die Affenbrotbeeme, fort ausm Busche. Ich war außer mir. Von der Schwarzn weg, von eener Schwarzn! Mit so eem Chef gannste geene Balme gewinn, der schadet dem Frieden mähr. Der verletzt de Freundschaft, die eene Bflicht is, e Bflichtverletzer. Der redete sich off de Moral raus, e schtandhafter Sozialist. Die schädchen den Sozialismus im Weltmaßschtab. Mit dem gastrierten Bewußtsein. Zwee Schwarze! Dem habch gegündicht, mittn in Afriga. Lieber Gohln fahrn, schwarz von Gopf bis Fuß. Eene Schwarze! Eene Schwarze! (Karli beruhigte sich nicht gleich; er fühlte, daß er nicht gut abschnitt mit der traurigen Geschichte und führte im Dunkeln ein Art Bauchtanz auf zu der Musik, die er studiert hatte, auf den Tisch getrommelt. Er ermüdete bald und sank ins Elefantengras, das Lenkrad in den Fäusten.)
HERMANN Eine Schwarze? Ich von einer Mulattin. (Trank langsam eine Flasche Bier, rülpste, stand sogar auf, griff mit der Rechten vor sich in die Luft, begann mit *eigenartig* sachlichem, geschäftlichem Ton:) Geladen war ich nur, ein Schwein zu essen. Der lange Tisch stand eingerammt im Rasen unter dem Schlinggewächs. Die Leute saßen vor Gier krumm auf der Bank. Indessen trat in den Hof die schöne Frau, ihr Blick sanft auf dem Tier, des Tieres Blick geweitet in meinem ich gab ihn ihr zurück. Sodann geschahs, ich wurde zubereitet. Sie strich mit einem scharfen Zeug mein Bein, Kümmel und Salz, wovon ein Schwein verreckt, spickte die Haut mit Knoblauch bis ins Blut und träufte saurer Apfelsinen Sud in jedes Loch, das ihre Hand entdeckt. Dann grub man mich in heiße Erde ein – (Hermann machte eine lange Pause. Trank einen Schluck. Kunze wunderte sich über den eindringlichen Klang der knappen, eigentlich barschen Sätze, sah dem ungepflegten Burschen mißtrauisch hinter den Bart. Hermann ließ die Rechte sinken: um sich zu kratzen, und fuhr währenddessen fort:) in

das Gespräch, in das wir uns verzahnten, von deutscher Rechentechnik, die man neuerdings auf die Insel schleppt, der Menschen Planen zu regulieren. Ich briet auf kleinem Feuer, bis mich der Hausherr aushob und zerschnitt in duftende Stücke, warf sie vor die Säue, die fröhlich fraßen, was ich stöhnend litt. So, dachte ich nun schon, halt ich die Treue. Der Hausherr stolz schnitt jetzt den Schwanz vom Bauch. Da schrie ich endlich und riß aus mir mich und goß den Rum grinsend in mich hinein und hielt der Hausfrau Hand unter dem Tisch, daß sie verbrenne, und sie brannte auch. Das Schwein war ich, mein Herr: ich war das Schwein. (Schwieg abrupt, verleibte sich den Rest Bier ein, wandte seine Aufmerksamkeit einer Fliege zu, die er an der Wand vermutete.)

Jetzt bekomme ich auch Lust, meine *schönste* Liebesgeschichte zu erzählen. Ein deutscher Schriftsteller, bin ich unter gewissen Umständen zu Äußerungen zu verleiten – in einem politisch so zerrissenen Kreis, für 3 Flaschen Wernesgrüner Bier und über das schönste Schlimmste, das ich je erlebte. Wohlan ... 3 Flaschen Wernesgrüner, höre ich fragen, und nicht für das *gesellschaftliche Interesse*? – Große Frage, Jugendfreund, ich werde mich dazu äußern, wenn wiederum gewisse Umstände –

Wie schwer es ist, eine Liebesgeschichte strikt zu erzählen, kann man bei Diderot nachlesen; aber die Schwierigkeit beginnt eher: sich auf sie zu besinnen. Wir haben ja immer neue im Kopf, aber was war eigentlich? Was ist daran gewesen? Anna, sage mir doch, was war unser schönstes Erlebnis?

ANNA Warum fragst du.

ICH Ich denke eben darüber nach ...

ANNA Das heißt: du willst es aufschreiben –

ICH Vielleicht, vielleicht nicht; wenn es gut war?

ANNA Wenn es gut –

Anna verstummte auf eine mir bekannte Art, die ich an sich mag; denn wenn sie in solchen Augenblicken weiterreden würde, wem würde es helfen?

ICH Siehst du, es kommen da ein paar Umstände zusammen –

Anna sah mich mit ihren klaren Augen an, der Blick zwar

heftig, aber wenn sie mich nicht ansäh – nicht auszuhalten.
ICH Denk doch nach. Erinnere dich –
Sie hob, in seltsamer Abwehr, die Hände; ich war ärgerlich; aber was für Hände! Was gab ich dafür (zu wenig natürlich), diese Hände zu halten.
Es war gutes Bier, es war ein zerrissener aber freimütiger Kreis, in dem ich mich ohne weiteres äußern konnte, und es waren vor allem *wir*, ein Verhältnis, das mich selber interessierte ... Aber was erzählen, das *Schönste*? Ich bin, im Unterschied zu den deutschen Schriftstellern im allgemeinen, vergeßlich, das Vergangne geht mir durch die Gehirnlappen, ich kann nicht allzulange über allzu Entferntes reden, das keinen Nährwert mehr hat – vielleicht weil ich, wieder im Unterschied, zu sehr im Gegenwärtigen hänge, wo ich nicht durchsteige, nicht einfach darüber hinwegkomme. Das mich betrifft, aufregt, z. B. Anna jetzt in dieser Minute: reglos, der Kopf wie vom dichten Haar herabgezogen, die nackten Zehen in den Spannteppich gekrümmt, als müßte sie sich befestigen in einem gelinden Sturm. Warum half sie mir nicht, mit ihrem Gedächtnis? Es wurde doch, in diesem Kreis, etwas Ausgesuchtes erwartet, diese brennenden Dinge mußten sortiert werden von einer überlegenen, anspruchsvollen Natur.
Anna, also sage ich, hilf mir.
ANNA Nein.
ICH Sieh an, sie zahlen mir ... 3 Flaschen Bier.
ANNA Ach wegen dem Bier? Du machst es für das Bier?
ICH Was, aber – wenn ich für 3 Flaschen Bier keine Liebesgeschichte, ich müßte mir verdammt unbegabt vorkommen.
Bei dem Wort *Liebesgeschichte*, ich sah es, zuckte Anna zusammen, während sie *unbegabt* ungerührt zur Kenntnis nahm.
ANNA Ja, und wenn du sie ohne das Bier – wenn du sie *so* schreibst, nicht für diesen ... Kreis?
Jetzt glaubte ich sie zu begreifen. Sie wollte unser Erlebnis nicht vermarktet sehn. Die Umstände (die ich brauchte!) widerten sie an.
Gut ja, log ich bereitwillig, was soll das Bier, ich trinke kein Bier ... aber Wernesgrüner!

(Ich würde es durchbringen, mit ihr oder einer zufälligen Trinkerin.)

Ich Und es soll doch die schönste, also eine *schöne* Geschichte sein!

Anna Ein guter Schriftsteller (sie sah mich an) schreibt das nicht ab. Wozu? Das *war*. Der benutzt dich nicht ... Der verarbeitet das.

Ich (gekränkt:) Gewiß. Aber was. Natürlich wird es verarbeitet –

Dieses Wort erregte mich körperlich, es weckte liebevolle Empfindungen, ich kann nicht erklären warum, Anna stand in der Tür, ich hätte sie umarmen mögen; die Wirklichkeit verarbeiten, in sie eindringen, in die Hand nehmen, sich verführen lassen, mit ihr davonlaufen! Ich lächelte breit. – Aber Anna schwieg wieder, plötzlich zornrot, zog an ihrem Rock, sie gefiel mir rasend, sie wollte ihn zertrennen –

Ich sprang auf und faßte sie um die Arme. Was dachte sie denn? (Sie lehnte sich fest an mich.) Daß nicht sie gemeint sein könnte? Anna, Liebste. Glaubte sie, was nicht ernst zu nehmende Kollegen, schlechte Schreiber, über mich verbreiten?

Ich Anna ... Sollte ich *das* erzählen:

(Also was? Was hatte ich gezeigt? Was hatte *ihr* gefallen?)

Sie warf meinen Arm weg, lästiges Gerank, schüttelte, schon befreit, mich noch mit den Schultern ab. Stakte aus dem Moor hinaus.

Ich spürte, wie die erschöpfte Frage langsam zusammenbrach im Kopf, in den Schnee sank unter meiner Schädeldecke, mich fror ein wenig, oder mein Gesicht erstarrte. *Hatte* ihr was gefallen? *War etwas gewesen?*

Ich ging ihr in die Küche nach, um aufzutauen. Sie steckte den Kopf fast unter die Flügel, beim Möhrenputzen (schob mir nur blicklos eine kurze hin).

Anna Alles Asche.

Ich hatte jetzt ein gewöhnliches Gefühl, das alle deutschen Schriftsteller kennen – ich habe mich nie so sehr als einer der ihren empfunden –: ich wurde ängstlich. Ich saß auf die Bank geduckt, drückte die massige Angst mit den Fingern weg, aber sie war groß, schwammig, gab fingerdünn nach und preßte mich, Brust Hals Leib, an die weiße Wand. Die normale Befindlichkeit, ich weiß, in dem Beruf, ich war nur nichts gewöhnt. Ich lebte in günstigen Zeiten, mit einem günstigen Kopf, um den man mich beneidete. Der sich nicht irremachen ließ ... Jetzt ließ ich ihn hängen.

Ich Asche.

Ich sah jetzt durch. Graue Jahre, graslos, Bodennebel. Ich tappte in den Korridor. Ein Unsichtbarer, jedenfalls Unbekannter, ein Mann, der irgendwann eingedrungen war und nicht mehr wußte, was er wollte. Es war auch seine Wohnung, er hatte den Schlüssel, er war durchaus im Recht. Aber er war überflüssig. Ich langte eifersüchtig in den Kleiderständer. Sah meine schäbigen Jacken, lasch, schlotternde Schultern. Ich war nicht der, von dem hier etwas blieb.

Ich machte, was die deutschen Autoren in dieser Situation tun: ich packte jäh meinen Koffer. Ich war entschlossen; hier war meines Bleibens nicht. (Diese schreiben ja meist gutmütig, zurückhaltend, eigentlich brav; aber dann packt sie der Senf. Sie haben die Laschheit satt, und rennen vor sich selbst davon.) Diese Verhältnisse (schrie ich), hör mir damit auf. Wo du nicht gebraucht wirst. Ich streu meinen Samen woanders. Folgenlose Liebe. Die kannst du vergessen: auf leerem Papier.

Gehn wir Wasser saufen (statt Bier).

Ich zog, schon im Mantel, wieder in die Küche, mein Verhältnis noch einmal zu betrachten. Sie wunderte sich (denn ich hatte stumm geschrien) über meinen Aufzug.

Anna Wohin willst du, das Essen auf dem Tisch!

Ich roch es, und sah sie, und sie gefiel mir noch; mein Entschluß hatte nichts mit mir zu tun, aber mit diesem Verhältnis, dem ich unversöhnlich gegenüberstand, zwischen Herd und Tür. Aber Anna nun – während die Gesellschaft, in solchem Falle, kühl, verklemmt, beleidigt die kalte Schulter zeigt und uns gehen läßt ohne weitere Worte – Anna nun

Aber Anna hielt mich fest, mit einem bloßen vollen Blick.

Ich Ich esse woanders.

Trat selbstverständlich auf mich zu, griff mit ihrer Hand nach meinem Mund, griff in meine Zähne: eine erstaunliche, vertrauensvolle Geste, zog meinen Kopf heran (ich stand kopflos da), sagte ausgelassen:

Mann.

Bei dieser unverstellten Regung, zu der schon weiße

Frauen, aber nicht die Verhältnisse im allgemeinen fähig sind und die in eine Umarmung ausuferte, verstand ich sie allmählich: es war ihr ganz undenkbar, etwas Vergangnes *auszuschlachten*, als wäre sie jetzt tot. Als lebte sie nicht jetzt. Als liebte sie jetzt nicht! Jetzt, jetzt war der Augenblick, an den ich mich erinnern mußte, der schönste womöglich, die eigentliche Geschichte.
Die zu schreiben war.
Ich ließ den Koffer (den ich nur im Text genommen hatte) vermeintlich auf die Dielen fallen, warf den scheinbaren Mantel ab, der Kopf noch oben, ich ließ die Geschichten darin sausen. Für diesen Augenblick, leichter durfte ich es mir nicht machen. – Gut, der Augenblick ... und die Geschichte? – Ah, dieser Augenblick! Die Augenblicke! – Und wo ist die Geschichte? – Nehmt die Augenblicke. – Für 3 Flaschen Bier? – Diese prickelnden, schäumenden Augenblicke. Seht, jetzt – Schön und gut, aber – Schön, Anna, ah –
HERMANN Ich würde mich nicht fahren lassen. Und ich würde keinen fahren.
Kunze sah rasch zu ihm hin, bemerkte aber mit Erstaunen, daß sein Blick in der Mitte dieses Menschen festgehalten wurde, nicht von den Plattfüßen zur hohen Stirn sprang; er starrte auf Hermanns weiße Daumen unter den breiten Hosenträgern, die die unförmige Kordhose hielten, während Hermann, hinter dem Zigarrenrauch, roh lachte. Kunze wußte plötzlich: der ist ein Künstler. Ja, das wars: ein weltfremder, unangenehmer Künstler. Kunze atmete erbittert auf; jetzt war er ihm auf die Schliche gekommen. Der würde keinen chauffieren und mußte nicht chauffiert werden, ein Freischaffender, der mußte nirgends hin. Für den standen die Fragen nicht. Der tat sich keinen Zwang an, bei dem griff die ganze Dialektik nicht. Das war das Eigenartige, das Kunze sogleich abgestoßen hatte, und beeindruckt auch, ehrlich gesagt, es machte ihm zu schaffen. Eben Kunst, das war ein besonderes Ressort. Das ließ sich nicht vergleichen mit der eigentlichen Arbeit. Da mußte man ein Auge zudrücken – und mit diesem überlegen verkniffenen Blick sah Kunze den Burschen nun, verständnisvoll, jovial, durchschaute ihn, in alle Ewigkeit. Die aber ist die Zukunft, was sah er da? Hinter Hermann wieder Hermann und wie-

der Hermann, ein Cheruskerheer stieg aus dem Sumpf. Ungebundene Leute, lässige Künstler. Denn es ging offenbar auch so, man konnte so leben, nicht angesehn, aber man konnte arbeiten, ohne Weisungen und Direktive und Rückversicherung, ohne Rücksicht auf die Position. Frei davon! Davon. Wohin? Wohin davon. *Davon* – das war ja alles, davon konnte man nicht absehn, das sagte ihm nichts, er riß den Blick von Hermanns Mitte los. So kam man nicht davon. Das war Poesie. Das war mit Vorsicht zu genießen.
KARLI Wieso ni fahren? Da fährste mit. Das gommt off de Obtik an. Abgäsehn von dem Gnilch hintn fährste dich selbst. Mußt dir nischt bei denkn.
Ein Fahrer, und er war ein Fahrer, dieser unverschämte Mensch. Kunze hatte es geahnt, hatte es sich vorgestellt als den Ernstfall, in diesen vier Wochen – nun lachte er, lachte zum erstenmal im Planjahr schallend: es war nicht *sein* Fahrer. Er hatte einen besseren. Einen ganz anderen. Kunze wischte sich die Tränen aus den kugelrunden Augen, aus dem glatten Gesicht, schlug die zarten Fäuste auf die breite Brust. Mochte der sein Wesen treiben, und Kohlen fahren! Kunze freute sich wieder auf Hinze.

Sie saßen am Küchentisch, in der Lotterstraße, und Hinze mischte die Karten. Er war geschickte, er wirbelte die Blätteln durch die Finger, Kunze hob der Ordnung halber ab, Hinze durfte geben. Kunze raffte seine Zuteilung hastig auf, verzog keine Miene; aber Hinze grollte freimütig und wollte die miesen Karten zeigen. Kunze sorgte, mit einem Faustschlag auf den Tisch und einem wehen Blick, für Ernst beim Spiel: er spielte zu gern, es war seine zweite Leidenschaft. Über die Hinze sich keine Gedanken machte, obwohl er oft nach Dienstschluß zu einigen Runden verpflichtet wurde, warum? (frage aber ich.) Wollte Kunze mit ihm zusammensein? der sah ihn gar nicht, der glotzte in sein Blatt. Was reizte ihn an dieser sinnlosen Sitzung? Die Überraschung? Der fatale Zwang, ein Spiel zuendezubringen? Oder daß sie beide gleiche Chancen hatten, wie Hinz und Kunz, nicht einer mit den Trümpfen in der Hand, nicht einer mit gezinkten Karten? Er jieberte nach einem Spielchen, zapplig auf dem harten Stuhl.
KUNZE Bleib bei der Sache. Spiel schon, spiele.

Hinze warf müde ab.
KUNZE Nun mal ernsthaft. Spiel ist Spiel. Du gewinnst!
Kunze war ein guter Verlierer, er freute sich über seine Niederlage, aus Prinzip, aus einem großartigen Prinzip. Er wischte die Karten strahlend auf einen Haufen.
Natürlich freute er sich auf Lisa.
Hinze berichtete über seinen Fahrgast (dessen Leibeigenen er vertreten hatte), den automatisierten Leiter des – oder den Leiter des automatisierten – wir werden das im gesellschaftlichen Interesse nicht herausklabüstern,
HINZE Ein wunderbarer Mann. Ich öffnete die Tür, er stieg wortlos ein, zog das Jackett aus und die Lederjacke an, Pipe in den Mund und nahm die Prawda vor, sagte nicht Muff noch Meff. Sagte oft nicht mal, wohin er wollte, ich konnte fahren, er schrieb mir keine Strecke vor. Fahren war *meine* Sache – aber wenn er nicht am rechten Ort ankam, raunzte er. Aber sonst redete er nicht, selbst wenn er aus der Volkskammer –
KUNZE Aus der Volkskammer?
HINZE Keine Silbe, mal über das Wetter, kein Sterbenswort. Der lehnte sich zurück, und ich war überhaupt nicht da. Dann die Pipe aus dem Mund, ich öffnete die Tür, Lederjacke aus, Jackett, und sagte nicht, wie lange es dauern konnte: eine Stunde oder eine Woche. Strikte Arbeitsteilung, ich stellte den Sitz flach und schlief. Fantastisch. Herrliche Zeit.
Hinze schwieg strahlend, sortierte Farbe und Luschen in seinem Blatt. Legte plötzlich die Faust fest auf Kunzes Hand. Natürlich freute er sich auf Lisa.
Sie warteten in der Küche, der Tisch gedeckt, sie warteten auf ihre Frau. Sie sahn sich nicht in die Karten. Sie hatten die gleiche Chance. Sie hielten es aus miteinander, gut und gerne.

Lisa, eine Person, die längst der eigentlichen Handlung angehört, der wesentlichen Darstellung, weshalb ich sie in mehr persönlichen Textstrecken aus den Augen verlor, trat gegen Mitternacht wieder in die Geschichte. Sie geriet, von Hinze und Kunze fröhlich empfangen, in eine aussagekräftige Situation, in der sich – wie von der Hauptverwaltung empfohlen – persönliche und gesellschaftliche Interessen

verknüpften, aber in Form eines Gewirres. Sie kehrte vom Lehrgang zurück in ihre zweimal vier Wände, und Hinze und Kunze betrachteten sie überrascht: Kunze das neue Gesicht, ein bißchen blaß, umrandete Augen, der blonde Schopf in einen strafferen Knoten gezogen, die Füße in hohe enge Stiefel gesteckt, ssst; Hinze die hochgeschloßne Bluse, das dunkle Kostüm, die schwere Aktentasche vor der Brust. Sie sah klüger aus ... jedenfalls blendend, jedenfalls wandten sich Hinze und Kunze ab und maßen einander blinzelnd. Sie sahn sichs an den Nasenspitzen an: sie erlitten jeder einen Rückfall. Hinze in den miesen faltigen Egoismus des Besitzers, Kunze in sein fischlippiges, japsendes Verlangen. Da standen sie mit ihren Qualitäten. Ihrer zweifelhaften Güte. Wohin griff die Frau, müde wie sie war, aus Bequemlichkeit (dachte Kunze), beeinflußt von der Propaganda (fürchtete Hinze)? Sie konnten sich auf einmal nicht mehr sehn, nicht mehr riechen. Sie schoben einander lange Messer in den Leib.
Aber Lisa – die Tasche in die Ecke, die Augen geschlossen, der Mund erschöpft offen – umarmte Hinze, und umarmte Kunze, umarmte Hinzeundkunze, küßte Hinzeundkunze, wippte vor ihm auf den Zehen, der Mund jetzt weit außen in den Backen ein wenig hochgehoben. Fuhr dann mit ihrer großen festen Hand Hinzeundkunze ins Haar (beider Köpfe stießen hart aneinander), ging vor ihm in die, wie es ihre Art war, Knie und sagte:
Jetzt habt ihr mir wieder.
Hinze und Kunze, so direkt angesprochen, standen wie die Zinnsoldaten, rot der Stämmige, blaß der Magere, drehten nur heimlich das Bajonett im Gedärm des Feinds. Sie galten Lisa gleich ... aber sie waren es nicht! Gedrungen der eine, glatt, gesund; spillrig der andre, zerfurcht, drahtig. Wer war der Stärkere? Der Zähere? Wer hatte mehr auf dem Kasten? Wer stach den andern aus, wer war unterbemittelt? Reich und arm, mächtig und elend – Lisa würde sie klassifizieren. Sie hatte zwischen zwei Welten zu wählen. (Wie hielten sie das aus? miteinander, gegeneinander.) Jetzt mußten sie sich beweisen, jeder auf seine Art; jetzt mußten sie etwas zeigen! Sie spielten ihre Trümpfe aus.
Hinze trat mit breiten einwohnerischen Schritten hinter Lisa, umfing sie von hinten mit zärtlichem, bevollmächtig-

tem Blick. Sie war zurück im Nest. Was würde ausgeflognen Frauen guttun. Vögeln. Aufgestiegnen Lerchen. Er wollte es besorgen. Er wollte gern alles hergeben, zumindest sollte sie etwas davon haben. Er griff ihr ans Gefieder.
Kunze, im selben Moment, auch ein As, griff ihr mit der ungeheuerlich ungenierten, sich als selbstverständliches Recht gebenden Sicherheit des Frauenförderers, die nie als Flegelei empfunden worden war, in den eben vollgelernten Kopf:
Jetzt wirst du studieren.
Hinze und Kunze schnellten herum, bleckten anerkennend die Zähne. Sie hatten die Karten aufgedeckt. Nun mußte Lisa Farbe bekennen. Lisa riß die müden Augen auf, sah die gebognen, abgegriffnen Blättlein; Lisa von beiden so, also doppelt peinlich berührt, paßte.
Wat? Wat wollt ihr von mir? Det kricht ihr fertich. Am hellichten Tache!
und mit ruhig analysierender Stimme:
Ihr Schweine.
Hinzeundkunze saß überrascht ins Sofa gedrückt, grinste sich selber zu, zappelte unernst wieder hoch.
HINZE UND KUNZE Aber, Lisa –
LISA Macht, det ihr rauskommt! Beede!
HINZE UND KUNZE Wer –?
LISA Raus, ihr Idioten!
Kunze, zufuß – was ich jetzt interesselos melde – in der Schönhauser, Hinze hatte sich auf die Bordkante geworfen neben den Wagen und beobachtete den sternklaren Himmel, Kunze ging die Steigung energisch an, entdeckte den Prenzlauer *Berg*, trat das Pflaster. Er hatte zu reden mit sich, aber die Antworten schienen dürftig. Er stieß nicht auf Gegenliebe. Redete er ins Leere? Was war überhaupt in ihm. Was hatte er Lisa zu geben? Er rannte die ungeahnte Höhe hinan, die letzte oder früheste U-Bahn kellerte unter ihm mit einem schwachen Pfiff, er suchte in seiner breiten Brust nach einem imponierenden Geschenk. Viel Papier, zum Einwickeln, dünnes schönes Durchschlagpapier, er wühlte sich rücksichtslos auseinander. Fettgedruckte Beschlüsse, wo war er selber, das Eigene, das er hingeben konnte? Woran sie ihn erkannte? Das nach ihm schmeckte, auf ihren Lippen? Er fand allerlei Krümel, knetete sie ungeduldig zu

säuerlichen Klümpchen, nicht anzubieten. Ja, mit der Gesellschaft, mit dem Staat hatte er immer ein rundes Angebot, ein ganzes Programm, für die nächsten zehn Jahre. Damit konnte er viele beeindrucken, und einige überzeugen von sich. Da applaudierte ein Saal, da wurden ihm Orden zuteil. Die Verdienstmedaille. Aber von dir selber, Kunze, was nimmt sie dir ab aus deinen Beständen? Wofür liebt sie dich liebt sie dich? Er suchte blindwütig, mit rabiaten Schritten seiner aber kurzen Beine, zwischen den Fußsteigen hin- und hergetrieben, auf der leeren Schönhauser sich selbst, der mit ihm mitlief, den er nicht sah, weil er mitlief, mitlief –
Hinze, aber Hinze machte keinen Schritt in diese Richtung, trat sich nicht nahe, er trat gegen den Reifen. Trudelte trüb in die leere Garage, stellte sich diese Fragen nicht, stellte sich in die Ecke. Zur Strafe, eine Viertelstunde, nicht Herumdrehn. Nahm sich wieder selber seiner Sache an, UNS AUS DEM ELEND ZU ERLÖSEN, rieb den kleinen Burschen groß, KÖNNEN WIR NUR SELBER TUN. Freilich eine dunkle Ecke der Geschichte, Spinnweben, Gerümpel, Handbetrieb. Er sah sich wütend zu, ein kalter Einzelbauer. Jetzt eine Genossenschaft, eine Kooperative! VIVE LA COMMUNE! Er stampfte auf dem schwarzen öligen Beton, demonstrierte verlegen auf der Stelle, hinter einer kleinen imaginären roten Fahne her, einem dreieckigen fleischroten Wimpel, den er hissen wollte am Feiertag, oder am Werktag, ohne Scham in der Lottumstraße, im offnen Fenster, die winzige zukkende erhabne Fahne der Freiheit.

Als ich soweit gekommen war, hielt ich es, im gesellschaftlichen Interesse, für nötig, mich der Diskussion zu stellen, in einem Gremium, das ich im selben Interesse nicht näher beschreibe. Ich las ein Kapitel vor – der Einfachheit halber und um keine Zeit zu verlieren dieses, das ich gerade schreibe und das damit beginnt, daß Frau Prof. Messerle von einem andern Buch sprach, das ich hätte schreiben sollen: obwohl es kürzlich ein anderer geschrieben hat. Sie konnte nicht genug gleichartige Bücher bekommen, musterhafte, sie stellte sie vermutlich im Wohnzimmer nebeneinander, eine sichere Bastion gegen die unzuverlässige Wirklichkeit. Aber wo mein Buch hätte stehen können, klaffte eine kleine Lücke; in der sie nun mit dem Zeigefinger fuhrwerkte: wodurch die sich aber, im Verlauf dieses Kapitels, noch erweiterte! Ich konnte nichts dafür, diese Zuarbeit widerfährt den Realisten von unerwartetster Seite. Hätte sich der Autor B., fuhr Frau Prof. Messerle fort, an das gehalten, was wir gesagt haben, immer wieder gesagt haben, immer und immer wiederholt haben in unseren Modezeitschriften, hätte er einmal die Strickvorlagen angesehn! Wie der Autor N., dessen Buch der Hauptverwaltung sehr gefallen hat, der sich, nach einem schwierigen Beginn, die Mühe machte, seine Figuren hinzu-, schrieb/las ich stockend, biegen, hinzukriegen. Der Dr. Wackelbach wird, bei all seinen miesen Eigenschaften, doch noch ein Vorbild. Nach den üblichen Kompromissen, nach aller Selbstsucht, Selbstgefälligkeit, gefälliger Routine – er war ja wirklich einer von uns – läutert er sich fernsehreif. Das ist ein bewunderungswürdiger Roman, zumal der Autor ein nicht zu kostspieliges, ein billiges Mittel findet: die Liebe eines sehr jungen Mädchens, eine Ressource, die ohnehin im Volk schlummert, wodurch sich größere soziale Veränderungen erübrigen. Dasselbe Mittel, rief Frau Messerle, wie bei unserem Autor B., aber was bringt N. damit fertig! Er krempelt Dr. Wackelbach um, er reißt ihn aus seiner Daseinsweise, er macht einen anderen Menschen aus ihm, wie er gerade ... wie er gerade jetzt gebraucht wird. Aber indem er, fügte sie barsch hinzu, die Liebe nicht überbetont, sie nur soweit geht, wie Dr. Wakkelbach kommen muß. Denn dieses junge Mädchen, sympathisch unreif und unbeleckt, kann ja nur ein Zweck sein, mit dem Dr. Wackelbach wächst. Dann hat er höhere Zwecke. Er hat einmal sein Gefühl gezeigt, er hat sich einmal gefragt, wer er eigentlich ist, er hat sich nun einmal entwickelt. Nun ist es gut. Das ist das richtige Grundmuster, die Verhältnisse sind gut, es kommt nur auf ein anderes Verhalten an. Das zu zeigen ist uns, genehmigte Frau Prof. ironisch, jedes Mittel recht, selbst die Liebe, wenn sie so gehandhabt wird. Nicht nur jeder Mensch, fuhr ich allein fort in ihrem Ton, auch die Gesellschaft braucht Streicheleinheiten. Die Runde applaudierte ihr. Nun verstehen wir, ging es weiter, diesen Rückfall nicht. Diesen Tempoverlust. Das Preisgeben sicheren Terrains, auf dem sich auch der Leser zurechtfand. Der Leser! das Gremium erschauerte gerührt.

Es wurde prinzipiell. Der Autor B. hat einfach ein unsauberes Gewebe geliefert. Er hat den roten Faden verfitzt. Man erkennt die Masche nicht mehr! (Ich stockte beim Vorlesen, aber Frau Messerle schloß geläufig an:) Er muß sich nicht wundern, wenn der Leser den Rock nicht anziehen will. – Von mir aus, versuchte ich zu scherzen, braucht er gar nix anzuziehn. – Da seht ihr, sagte sie ernst, diese Obszönität. Er will uns nackt sehn. – Da ist in gewisser Weise etwas dran, las ich weiter. – Aber ein bloß *amouröser Roman* (:Frau Messerle) befleckt ... (sie verhaspelte, sie verhackselte sich) bekleckt ... verdeckt unser Leben, das sich anständig entwickelt. Die Liebe ist die Spontaneität in Person, bzw. in Personen, die der bewußten Führung und Leitung bedürfen. Der Autor hat das Werk nicht geplant bzw. den Plan nicht erfüllt. Er ist ein Opfer seiner Triebe, seiner Antriebe, seiner, nun, Sehnsüchte, seiner ... wir kennen das alle, Wunschvorstellungen ... Diese Figuren (schrie sie unvermittelt, unbegreiflicherweise) entwickeln sich einfach nicht! – Sie saß hochrot im Vorsitz, mit zusammengekniffnen Knien, und die Kollegen, irgendwie ergriffen, beeilten sich, ihr beizupflichten. Sie entwickeln sich nicht, sie entwickeln sich nicht! riefen sie reihum, und ich sah beschämt auf meine Blätter. Sie welkten dahin.
Das muß ich sofort ändern, las ich.
Der Autor ist ja, unter uns gesagt, gemeiner als jedes Messer, er sieht die Sache längst mit härteren Augen. Ich wußte, diese hauptamtlichen Leser hatten allzu recht, aber was sollte ich tun? Dem Buch von N. hatte ich nichts hinzuzufügen; ich hätte mich gelangweilt. Es sollte mir aber ein Vergnügen sein! Mich beschlich ein Mißtrauen gegen mich, es sprang mich an mit einem Satz. Der Satz lautete: *Dann sollt ihr eben recht haben.* Hinze und Kunze entwickeln sich nicht, wie man es verlangen kann – weil sie auf ihren Rollen bestehn, wie man es auch verlangen kann. Verflixt und zusammengenäht. Dieser mißratene Roman war eine Warnung, so unergiebig die Lektüre auch war. Ich war gewarnt, ich schrieb/las mit Bedacht folgendermaßen weiter:
Aber damit fand sich das Gremium nicht ab. Es bot mir seine sofortige Hilfe an, noch in diesem Kapitel, obwohl es sich um dieses Buch und kein andres handelte, noch in diesem Satz, den es in prinzipienfester aber freundschaftlicher

Weise auseinanderzog, wobei mir besonders die reiche Erfahrung der Dramaturgen vom Fernsehn zugute kam, die schon viele Figuren auf den Weg gebracht hatten, ohne daß diese sich wirklich entwickelten, und die Lisa mit wenigen Worten, diesen hier, dazu bewogen, auf Kunzes Drängen gleich noch zum Studium zu gehn und sich in gehörige politische Höhen zu qualifizieren, während sich die Gesellschaftswissenschaftler für Hinze und Kunze, an deren Rolle sie natürlich nicht kratzten, einfallen ließen, daß beide eben *in ihren Rollen* weiterkommen, sich in ihren Rollen steigern, es auf die Spitze/auf die Basis treiben, was zur weiteren Festigung, zur Konsolidierung dieser Geschichte, was sage/schreibe ich, der Geschichte überhaupt führen würde, wie ich nun versprach, worauf mich Frau Prof. Messerle ermahnte, nun aber einen Punkt zu machen.

Im nächsten Abschnitt redete ich selber mit Hinze und Kunze, die nach Lisas erneuter Delegierung nicht aufhörten, sich zu messen mit Augen und Zungen, in den kurzen Fahrzeiten oder jetzt: in der Sauna, wo der Wollige wie üblich den Mageren, der wie immer eine Bank unter ihm Platz genommen hatte, durch ermunterndes Nicken und mehrmaliges Hochrucken der seitwärts der Hüften abgewinkelten und nach oben geöffneten Hand (welches neue, menschliche Verhalten auch mein Freund F. beobachtet hat) zu sich herauflud, worauf der nicht etwa rücklings nach oben schnellte, ein Lächeln begnadeter Freude auf den Zügen (wie F. schrieb), sondern bewußt unten sitzen blieb, die Mundwinkel eine Spur herabgezogen, mit hintergründigem Grinsen. Vielleicht hätte ich nichts gesagt, wenn Kunze mich nicht, so wie seinen Begleiter, mit diesem ungeheuerlich ungenierten Recht betrachtet hätte, und zwar jetzt nicht nur unsere Köpfe und Füße, sondern solcherart auch die Penisse (was ich, nach allem, schon nicht mehr als Flegelei empfinden konnte), und wenn er sich, als ich aufsah, hätte stören lassen. Aber er verheimlichte keinen Blick, und so betrachtet gewann ich wieder meine sich als selbstverständliches Recht gebende Sicherheit, mit der ich alles sage.
Ich weiß nicht, ob ich euch helfen kann, begann ich, aber vielleicht kann ich euch auf andere Gedanken bringen. Als

Autor, sagte ich mit ausdruckslosem, unbeteiligtem Gesicht, darf ich reden was ich will, ihr müßt es anhören. Ich muß nicht sagen, ob es ein Traum, eine Erfindung, die Wahrheit oder die Zeitung ist; es genügt, daß ich es erzähle, ihr müßt euch selber den Reim darauf machen.
Auf andere Gedanken? fragte Kunze mißtrauisch.
Und was wäre da wohl dabei. Jeder Schwanz macht sich welche. Ich denke doch, daß wir auf bessere kommen können.
KUNZE Ich höre.
O wir haben schon herrliche, sagte ich, ohne durch einen Tonfall das Genre anzuzeigen – eine Nachlässigkeit, die meine Sätze unaufführbar macht in unseren analfabetischen Bühnen. (Nachlässigkeit? Vertrauensseligkeit!) Die Schwänze also kamen zusammen, begann ich ernstlich, um sich gemeinsam Gedanken zu machen. Es war eine große Versammlung in der geschmückten Sporthalle, es waren ausgesuchte, delegierte Schwänze, die alle der Bewegung SCHNELLER LÄNGER TIEFER angehörten, tüchtige Glieder, Mitglieder unserer fleißigen Gesellschaft. Sie standen eine Weile im Scheinwerferlicht (für viele ein ungewohntes, komisches Gefühl) und hingen dann im Saal herum, während einige bewährte Vorbilder steif über ihre Arbeit und ihre Methoden berichteten, auch Veteranen: aufs Rednerpult gestützt. Die übrigen hörten ruhig zu oder mit gesenktem Kopf – es waren nämlich, wie jeder Eingeweihte weiß, die ehrlichsten Teile der Bevölkerung, gar nicht fähig zu vorgetäuschten Haltungen. Eine Sache mußte stichhaltig sein, Halbheiten, Lieblosigkeiten standen sie nicht durch. Freilich wollten sie sich immer groß und stark sehn, das hatten ihnen die Medien eingeredet (sie *standen* ja immer in der Zeitung). Aber privat in ihren Löchern waren sie sich ihrer Mängel und Schwächen wohl bewußt.
KUNZE Fantasie. Was soll das.
HINZE Laß doch mal. Quatsch weiter.
Weshalb sie sich auch nur in ihrer Aktivistenphase blicken ließen, sonst verbargen sie sich, zogen sich zurück in die Klamotten. Sie schämten sich ein wenig ihrer Natur, der wankelmütigen, unperfekten Art. Zwar entschuldigte man oben, wo man realistisch dachte,
KUNZE Richtig!

die gegenwärtige Praxis, ging stillschweigend über die Schwierigkeiten hinweg;
KUNZE Ha, falsch.
man strich eben die Erfolge heraus und orientierte auf Spitzenleistungen. Aber natürlich waren die Schwänze ungleich lang und dick – ein Umstand, der gerade dadurch zum Problem zu werden begann, daß die dazugehörigen Männer Gleichgestellte wurden, die sich nicht mehr auf ihr Startloch oder einige soziale Schlaglöcher herausreden konnten. Die Schwänze hielten ihre Ungleichheit nicht aus, sie machten sich nichts mehr vor wie vielleicht die Hände oder Zungen. (Man baute ja seit Jahrtausenden riesige Konstruktionen, gedankliche und stählerne, Kräne, Hochhäuser, den Schwänzen nachgebildete Fernsehtürme, eine mächtige Umwelt, um sich seiner Kraft zu freuen, aber auch um seine Natur zu bemänteln. Apparate aus Stahl und Menschen, die die Schwänze in sogenannte ordentliche Verhältnisse brachten, so daß sie auch die Löcher besser erkannten, aber nun in das eine zugewiesne schlüpften ohne lange Lust und Liebe. Unausbleiblich, daß Lust und Liebe andere Wege gingen, sich der üblichen Vaterlandsliebe anschlossen und der organisierten Zerstörungslust, daß die schöpferischen Kräfte behilflich waren auch bei der Vernichtung. Vgl. das Hauptreferat.)
KUNZE Ich habe es gelesen. Das ist alles wahr.
(Hinze zuckte die Schultern.)
Die Schwänze also, in ihren neuen Verhältnissen am deutlichsten betroffen, diskutierten sich die Köpfe heiß, suchten geschwollen oder lasch nach Lösungen des Problems. Wie die sensibelsten, waren sie auch die radikalsten Burschen, die wahren Extremisten, die aufs Ganze gingen. Sie berechneten erregt ihre Parameter, erarbeiteten Pläne, wie die individuelle Gleichheit aller Glieder schrittweise zu erringen sei, schlüsselten den Plan auf Mann und schwache Stunde auf, brachten die Potenzen auf einen Nenner, der sich aus dem Systemzusammenhang ergab.
KUNZE Wunderbar. Eine nützliche Reportage.
HINZE Ich weiß ja nicht.
Die Geriebensten, aufgereckt in der Menge, brachten alles in ein paar Formeln; um aber die Massenwirksamkeit zu gewährleisten, beschloß man, eine Reihe von Losungen zu

veröffentlichen. Aber schon die ersten Formulierungen wichen so auffällig von den kämpferischen, mehr aufs Höchste als aufs Ganze gerichteten Mailosungen der Presse ab, daß man betreten innehielt, verschwinden ging oder sich verlegen am Sack kratzte. Gegen die Gesellschaft konnte man sich nicht stellen, man hing an ihr, man konnte nur mit ihr glücklich werden. Aber sie waren nicht die Leute, die zu resignieren pflegten, lieber machten sie Rabatz. Und dann laß zwei, drei, hundert beisammen sein, und sie werden wild wie die Teufel. Sie kamen in Feuer, sie stachelten sich gegenseitig an, sie rammelten herum, plötzlich wütende Draufgänger, Halbstarke, Rabauken. Sie zogen die Messer, schnitten sich gleichmacherisch ins Fleisch, schnippelten aneinander, schnitzten sich auf ein Maß, brüllend, schreiend –

KUNZE Halt. Genug. Was erzählst du eigentlich.

HINZE Weiter. Laß ihn.

brüllend, schreiend –

KUNZE Das haben sie davon. Mit dem Messer!

HINZE Mit dem Messer oder mit der Norm.

KUNZE Halbstarke. Unreife Leute!

HINZE Laß sie bluten.

Sie schnitzelten mit der Norm ... mit dem Messer an ihren Köpfen herum, schrammten sich die Bäuche ab, stolz und geil, feilten sich aufs Mittelmaß –

KUNZE Er meint wohl uns! Jetzt hab ich dich ertappt.

HINZE (zu Kunze:) Wie kommst du darauf?

aber sie wurden nicht fertig mit sich, sie unterschieden sich dennoch, der eine bewegte sich schneller, der andre länger, der dritte energischer (zartere Umgangsformen schienen nicht gefragt), obwohl sie bis aufs Messer diskutierten! propagierten! agitierten! Auf das Geschrei stürzten endlich die Löcher in den Saal – man hatte sie draußen gelassen, sie waren ja bei höchsten Entscheidungen meist gering vertreten – und sahn die Bescherung, ihre hochgelobten, ihre *besten Stücke* verstümmelt. Schluß! riefen sie, ihr spinnt wohl! Das sieht euch ähnlich! und kicherten, amüsiert über die männliche Lösung. Hatten aber auch Mitleid mit den erbärmlichen, blutigen Zipfeln, rannten auf sie zu, nahmen sie in die Arme. Begriffen gar nicht recht, worum es gegangen war, für welche Sache man gestritten hatte! Für die Sa-

che, an der ihnen auch lag? Du lieber Himmel (sie packten die Glieder fester, schüttelten sie verzweifelt), was ist sie wert, wenn ihr euch dafür aufreibt zur bloßen Nummer? Wenn wir keinen Schwanz mehr erkennen? Sollen wir uns *auch* gleichmachen, mit dem Schneckenbohrer? (Sie begannen wieder zu lachen.) Mit dem Stemmeisen! Mit der Kneifzange. Oder macht ihr es für uns? Ihr Idioten! Wir helfen uns schon. Wir helfen euch schon! (Sie preßten die erschöpften Dinger an die Brust.) Wir werden schon einig. Jeder soll zu seinem Recht kommen, versteht ihr: zu seinem, nicht zu irgendeinem gleichen. (Sie rieben die Burschen solidarisch, daß sie wieder glänzten vor Freude.) Habt ihr nicht ewig von Solidarität geschwatzt, und kennt sie nicht? Von brüderlicher Hilfe? (Und die Löcher, naß vor Eifer, zuckten vergnügt.) Laßt euch einmal gehn, gebt euch wie ihr seid, gebt euch hin – und wir auch, leben wir wie wir lustig sind. Wer wenn nicht wir, wer soll es wagen? Vorwärts, ihr Preußen (und sie zogen sie lächelnd in sich), das ist ein anderer Weg.
Hinze und Kunze hatten atemlos gelauscht. Ich erhob mich schweißgestriemt von der Pritsche und ging unter die Dusche. Gleich darauf sah ich Kunze und Hinze, Hand in Hand, ins Kaltwasserbecken springen, in der Hocke, mit hochgezognen Knien, aber die Beine nicht mit den Armen umfaßt, was (darin folge ich F.) in solcher Unvollkommenheit etwas Rührendes hatte.

KUNZE Ist dir eigentlich bewußt, warum wir es so gut miteinander aushalten?
HINZE wollte sein Sprüchlein sagen, aber Kunze setzte nach:
Was uns zusammenhält? Man sagt so schnell: das gesellschaftliche Interesse.
HINZE Stimmt.
KUNZE Was stimmt?
HINZE Beides ...
KUNZE Nur, woran denkt einer, wenn er ans gesellschaftliche Interesse denkt?
HINZE Das kann ich dir ohne weiteres sagen, aber interessant wirds erst, wenn du fragst, woran zwei denken.
KUNZE Du meinst: an etwas andres?

HINZE Nein, an dasselbe, aber es stellt sich vielleicht heraus, daß es etwas andres ist.
KUNZE Ich denke an unsere Erfolge.
HINZE Ich auch.
KUNZE An größere Erfolge.
HINZE Gewiß. Denke sie dir.
Währenddessen wurde die Luft wieder einmal trocken, man trank gleiche Mengen Bier/Kaffee. Aber was immer auch heruntergespült wurde, Kunzes Erfolge waren nicht denkbar ohne Hinze, Hinzes Erfolge nicht ohne Kunze.
KUNZE Wir sollten Brüderschaft trinken.
Hinze grinste verblüfft und sah lange auf seine Faust.
KUNZE Du kannst nicht verlangen, daß ich dich fahre ... oder willst du das?
HINZE Ich wüßte nicht wohin.
KUNZE Ja, woher auch ...
HINZE Und du verlang nicht, daß ich mich wählen lasse, oder was.
KUNZE Ich wüßte nicht wozu.
Sie lachten herzlich.
KUNZE Siehst du, wir haben die gleichen Interessen.
HINZE Weshalb wir Freunde sind. Prost.
KUNZE (dozierend:) Unsre Freundschaft ist unverbrüchlich, weil sie auf Interessen beruht.
Hinze schob die Faust unter den Tisch, sie war ihm lästig, setzte sich schließlich unauffällig darauf. Kunze entschädigte ihn mit seiner, die sich sacht in Hinzes Seite bohrte.
HINZE (überzeugt:) Auf Interessen beruht.
KUNZE Auch auf dem Interesse an Freundschaft.
Hinze sah Kunze mit einem langen neugierigen Blick an, als habe er eine große Entdeckung gemacht.
KUNZE (nach einer Pause:) Vielleicht sollten wir die Arbeit tauschen.
HINZE Und heute habe ich dich gefahren, morgen fährst du mich und ich walte deines Amtes.
KUNZE Das könnte mir so passen!
(Pause.)
HINZE Mach doch was dir paßt.
(Pause.)
KUNZE Wo denkst du hin.
(Pause.)

KUNZE Vielleicht sollte ich mich selber fahren.
(Pause.)
HINZE Vielleicht sollte der Wagen keinen Fahrer brauchen.
(Pause.)
HINZE Aber braucht deine Arbeit mich?
(Lange Pause. Stürmische, langanhaltende Pause. Nicht endenwollende Pause, Hinze und Kunze erhoben sich von den Plätzen.)

Sie setzten sich wieder, als Lisas Maschine landete. Standen sogleich wieder auf, stürzten das Bier den Kaffee hinunter, zahlten halbehalbe und spikten in die Einreisehalle. Kunze wollte Lisa schon im Zollraum begrüßen, wurde laut zurückgewiesen (:berichtete es Hinze mit Genugtuung). Aber nun hatten sie vier Jahre gewartet, und Hinze war das Warten gewohnt, sie wußten kaum noch auf wen. Eine Studierte, eine Frau in höchster Funktion! (Ah, sie wußten schon, daß Lisa schwanger war? – Wieso, seit wann?) Ich sah sie bereits, in ihrer Funktion, die noch eine Etage über Kunzes lag, durch die Milchglastür treten (übrigens hinter einer Gruppe von Fernsehdramaturgen, die ich schon erwähnte), ernst die Bücherkoffer absetzen und in Richtung Kamera sagen:
Ich möchte allen Anwesenden in der Republik, vor allem aber dem aufmunternden Autor danken, der mich hartnäkkig –
Ich winkte ab. Habe ich es nötig, mich loben zu lassen, von meinen Lesern? Unterdessen war Lisa unauffällig hereingetrudelt, wir hatten sie alle übersehn, sie pfiff auf zwei Fingern, bis Hinze sie gewahrte, und Kunze nahm sie mit Kußhand in Empfang, oder mit seinen Worten gesagt: unterstellte sich ihr. Er war stolz auf sie, da hatte er seinen Erfolg. Er ließ sich den Erfolg nicht nehmen, er legte den Arm um ihn und überließ Hinze die Koffer. Hinze schleppte sich ohnehin, trug sich mit schweren Gedanken, der Leidtragende. Nicht, daß nur Kunzes Trumpf gestochen hatte, seiner auch – (Also war sie doch schwanger. – Was? Eine gute Idee. Dieser rücksichtslose Hinze. – Und Kunze … – Dieser Hinze, das schreibe ich wohl vor. – Und wußte sie es? – Woher. Dieser Gauner, im letzten Urlaub.

Vor drei Monaten. Jetzt muß ich damit fertig werden. – Falls man nicht einen Eingriff ... die eingreifende Literatur ... – Das werdende Leben ist mir heilig. Greise schlachte ich massenhaft, hinweg damit. Aber diesen Fall kann nur Lisa ... aber sie wußtes noch nicht.) beider Trümpfe hatten gestochen, sie hatte mitgespielt. So war sie, man wußte es in der Lottum, sie lebte; aber Hinze fragte sich: mit wem? Er schloß sich vorsorglich dem Jubel an.
Lisa hörte ihn nicht. Sie saß im Wagen mit zwei angenehmen Menschen, zwei ihr angenehm gleichgültigen Menschen. Sie erfuhr es mit einem leichten Schreck, als Hinze ihr, den vierten Gang einlegend, wie gewöhnlich mit dem weggespreizten kleinen Finger über den Schenkel fuhr und Kunze als stumme Nachricht die Knie in ihren Rücken drückte. Sie starrte in den roten Abendhimmel, hinflitzende Masten, Dächer, Lampen. Neben ihr der Mann und der Mann kamen zwar mit, aber wie dunkle Sträucher, die man so streifte, Landschaft. Sie ging so durch, ließ die beiden los (zog das Knie, den Rücken ein), machte einen Abgang vom Gerät. Aber kam nicht auf den Boden, raste in eine rote, himmlische, unverbaute Welt. Hatte sie was mit ihnen? Es war nichts mehr gewiß. Sie taumelte fröhlich, den Kopf noch erschrocken zurückgeknickt, die Lippen aufeinander, sie wollte sich nicht verraten. (Die Augen, sehe ich aber, schwarz: ein feuchter Streif.)
In der Küche, Lottumstraße 17, standen Hinze und Kunze habacht. Aber Lisa, ehe sie zufassen konnten, flipperte die Teller auf den Tisch, die Tassen, setzte das Wasser, oder Hinze und Kunze kamen ihr behende zuvor, auf den Herd, Lisa lächelte und goß, oder Hinze oder Kunze goß, oder Lisa eh sie sich einig werden konnten das kochende Wasser in die Kanne und schob die Männer auf die Stühle. Eh sie sichs versahn, ging sie vor ihnen in die, sie wußten schon, Knie und sagte:
Nu sollt ihr et wieder jut haben.
KUNZE Wieso wir? Wieso gut?
LISA Jetzt bin ick zurück.
KUNZE Jetzt bist du uns voraus!
Hinze enthielt sich der Stimme.
KUNZE Jetzt hast du es geschafft.
HINZE Jetzt hast du uns geschafft.

KUNZE Jetzt hast du das Sagen.
Lisa sagte nichts. Kunze beorderte Hinze zu Lisa hinab, folgte selbst, rücklings an der Stuhlkante herunterfahrend. Wo Hinze die Frau unter den Armen faßte Kunze selbst mit zu, zogen sie in ihre Position.
KUNZE Jetzt bist du oben.
LISA Uff. Na und?
KUNZE Jetzt wird er *dich* fahren.
Hinze hielt sich wieder heraus. Lisa lachte, hielt inne und strich die Strähne aus den Augen, als könne sie dann erst sehen, etwas andres sehn als diese beiden Verehrer, Anbeter, Angestellten an ihrem Kaffeetisch.
LISA Er? Mir? Fahren?
KUNZE Entscheide es. Weise es an. Du hast die Macht.
LISA Da mach ick mir wat draus.
Sie platzte heraus, zog ihren breiten Mund, der die Zähne sehen ließ und sich erst weit außen hochhob vor den Ohren, das Gesicht schamrot.
LISA Hab ich sie für mich? Was ist sie dann wert? Zum Beispiel dir?
Schüttelte den Kopf aus der Fassung, daß er gegen Hinzes Brust fiel. Hinze hielt sie erfreut, aber sie warf ihn nieder, wälzte sich mit ihm auf den Dielen. Mit ihrem Schofför, die Vorgesetzte, mit ihrem Leibeigenen! Kunze sah zu, diese Vermengung hatte er nicht erwartet. Diese Gleichgültigkeit gegen ihre Stellung! Dieses unverständliche Handgemenge, utopische Durcheinander. Er stand beschämt am Fleck, unfähig, sich regelnd einzuschalten. Sie war anders, sie war nicht seinesgleichen geworden. Sie umarmte Hinze, ließ sich drücken, schüttelte ihre blonde Mähne, der Kerl griff in der Notwehr in ihre Brüste in volkseigne Plantagen. Kunze sah es beglückt, sie war nicht von dieser Welt, ein zukünftiger Mensch. Es war nicht aller Tage Abend. Das Leben begann erst, das sogenannte neue, Tag und Nacht, am Boden da, wütend, schnaufend, schwitzend, verzweifelt, das er süchtig suchte. Er äugte benommen auf dieses Gefecht, diese unerhörte Gesellschaft.
Und ließ es geschehn, daß er sich hinausbefohlen dünkte.
Hinze sah ihn gegen die Tür rennen, nach Luft schnappen, hörte den röchelnden Schrei. Alles Symptome des alten Leidens, aus dem Treppenhaus ein Poltern, dumpfes Gewim-

mer, kinderhaft. Dem war nicht zu helfen. Die Krankheit war unheilbar. Der Stämmige eilte zu dem schwarzen blitzenden Wagen, setzte sich gedankenverloren ans Steuer, riß als der Magere heranruderte, den Schlag auf eh der zufassen konnte, der Magere verhielt verblüfft an der Bordkante, musterte ihn (mit ihm ungewohnt ungeheuerlich ungenierter Sicherheit, eine Flegelei), setzte sich neugierig in den Fond, und der andere machte abwesend das Bein lang, es ist nicht gleichgültig wo: in der Lottumstraße, wußte nur nicht wie, und der andere fragte wohin, und der andere wäre fast gefahren, und wir kennen sie fast nicht mehr –

Was heißt sagte, was heißt machte? Nein, so harmlos ging es nicht zu; nach dem Schema F wie gesagt arbeite ich nicht, nach der Natur, daß es entsetzlich ist. Also

Wenn du Lust hast, wenn du so freundlich bist, sagte Kunze forsch, so fährst du uns, du weißt es selber, alle beide: Lisa und mich, wie es paßt, du bist großartig, ein Bestarbeiter, ich danke dir, mein Freund.

Natürlich, natürlich mache ich das, fahre ich doppelt, ist mir ein Fest, laß ich mir nicht nehmen, Genosse: schrie Hinze, fackelte die Sätze ab vor den weißen Lippen.

KUNZE Ich habe gewußt, daß du es begreifst.

HINZE Ich begreife, daß ich ein Dreck bin.

KUNZE Wie kannst du das sagen. Du bist ein Mensch wie jeder.

Hinze schwieg. Es dachte in ihm.

KUNZE Du machst deine Arbeit, ich mach meine, jeder macht jetzt mehr.

HINZE Im Geiste vielleicht.

KUNZE Sei nicht undankbar. Gib zu, daß für dich gesorgt wird wie für jeden.

HINZE Wenn du willst. Ich will mich lieber selber sorgen.

KUNZE (fuhr Hinze über den Kopf:) Versuch es. Die Sorge um den Menschen geben wir nicht auf. Sie ist das Herzstück unsrer Politik.

Er stieg aus, um seinen Platz auf dem Rücksitz einzunehmen. Hinze blieb seltsamerweise hinten sitzen.

HINZE Mach du deine Politik.

KUNZE (verlegen von draußen:) Nicht ohne dich. Wir gehören zusammen.

Jetzt stieg auch Hinze aus dem schwarzen Wagen.
HINZE Fragt sich nur wie.
KUNZE Das weiß doch jeder. Hinze und Kunze, wie schon der Name sagt: wir sind eine Einheit. Wir müssen einig sein. Fahre, du Held.
Hinze wollte ihn packen, aber weil Kunze sich nicht wehrte, wurde es eine Umarmung.
HINZE Solange es mir paßt. Aber nicht mehr, und nicht doppelt, und nicht im Dunkeln.
KUNZE Ich arbeite auch im Dunkeln.
Hinze wußte zu gut, daß der Chef recht hatte. Er holte aus, aber Kunze schüttelte ihm die Hand.
KUNZE Das kann nicht anders sein, wenn wir zu etwas kommen wollen. Du wirst mich fahren, und wirst Lisa fahren, wirst mich zu Lisa fahren – Vorwärts, Geliebter.
Er warf sich auf den Rücksitz. Hinze trat gegen die Reifen. Als die Situation so weit gediehen war, schalteten sich, in den umliegenden Häusern, die westlichen Sender ein und heizten die Stimmung an:
Wohin seid ihr gefahren, ihr Kaffer? Auf dem Neuen Weg. In dem Leichenwagen! Laß ihn sausen, Bruder, kratz die Kurve. Steig aus der Karre. Die rollt in den Abgrund, wahrlich, wir sagen dir, halleluja, es ist Matthäi am letzten.
KUNZE Fahr los. Geliebter, Bester, Held!
Nur Hinze wußte nichts mehr zu sagen, er stieß verwirrt die Schuhspitze gegen die Kotflügel. Kunze verstummte, zog sich ins Polster zurück, schob die Vorhänge zu. Um sich doch bemerkbar zu machen, schlug Hinze Dellen in das schwarze Blech, hämmerte die Faust auf das Dach. Nahm einen großen Schraubenschlüssel und donnerte ihn auf die Motorhaube. Zertrümmerte die Scheinwerfer, ratzte über den glänzenden Lack. Drinnen blieb es still, kein Kunze ließ sich blicken. Hinze ließ die Luft aus den Reifen, kippte einen Eimer Asche gegen die Windschutzscheibe. Trat begeistert zurück, um das Ausmaß der Zerstörung zu sehn, sammelte ein paar Steine. Schoß den ersten gegen die linke hintere Tür. Da näherte sich aus der Choriner Straße ein Polizist. (Es war der Genosse, dem wir bei dem Treff mit Lieselotte empfohlen hatten, sich herauszuhalten; aber in dieser angespannten Lage taucht er natürlich im Text auf wie Zieten aus dem Busch.) Gefolgt von dem klugen Hund,

Hinze steckte die Steine verschreckt in die Hosentasche und die Faust wie gewöhnlich vor den Hintern, aber das Tier biß barsch hinein.
POLIZIST Wir kennen uns ja, Bürger. Wieder aufgehetzt.
Kunze stieg bedächtig aus dem demolierten Dienstwagen.
KUNZE Wir müssen hart durchgreifen. Aber zwischen den guten und schlechten Elementen unterscheiden.
POLIZIST Versuch das mal, bei dem.
Er nahm Hinze auseinander. Bei der Übermacht des Hundes verzog sich Hinze in seine zerfetzten Kleider. Er wurde, bei jeder schmerzenden Maßnahme, ruhiger. Während Kunze, den alten Freund vor den kugelrunden Augen, immer unruhiger wurde.
KUNZE Was soll denn jetzt werden ... Was ist denn los mit uns. Wie soll ich das einschätzen.
POLIZIST Klarer Fall. Überlaß das mir.
KUNZE Der Polizei?
POLIZIST Glaubst du, ich bin dämlich?
Hinze grinste wieder ein wenig. Der Polizist holte ein Formular aus der Kartentasche, um einen Bericht zu schreiben.
Wer schreibt denn nun hier, sagte ich, halt dich heraus.
POLIZIST Das geht leider nicht nach dir. Ich werde dir sagen, was es mit den beiden auf sich hat. (Er streifte Hinze und Kunze mit einem beleidigten Blick.) Die kapieren es nicht. (Er kritzelte mit einem stumpfen Stummel in die Akte:) In meinen Augen, und ich beobachte das lange, ist das eine Konstruktion, und zwar eine künstliche. Das macht sich gut, solange nichts vorfällt, solange alles ordentlich rollt. Da ist das sogar ein großartiges Verhältnis, reibungslos. Da sind die die besten Freunde. HINZE UND KUNZE. (Er hielt die Namen fest, kaute an dem Stummel, schrieb ungelenk weiter:) Aber das ist nur so ne Struktur, die sich aufrechterhält, im besten Glauben. Die Realität (er pochte auf den Block) stellt das jederzeit infrage. Schon die Fahrerei wird zum Problem. Beim kleinsten Zwischenfall, Ersatzteilmangel, Fehlverhalten, ist das Verhältnis gefährdet; eine Kollision, und es reißt die auseinander. Plötzlich eine Kluft. Aber wir sehn das, wir sind wachsam. Vom Polizeistandpunkt sind das verdächtige Personen, nicht abgesichert

durch irgendwelche festen Schranken. Nichts, als was die selber sind, und was sie miteinander machen ... (Er unterstrich:) Das ist eine neue, bedenkliche Qualität, wo die Polizei machtlos davorsteht. Falls es nicht zufällig kracht oder der Feind uns hilft, klare Fronten zu schaffen. (Er zählte die Löcher in der Karrosse.) Vertrauen ist gut, Kontrolle ist besser. Ich muß die Wachsamkeit erhöhen. Ich kann die nicht alleine lassen. Unterschreiben Sie, Zeuge.

Ich weigerte mich, ich wollte mich nicht festlegen. Ich hatte auch das dumpfe Gefühl, daß hierbei mein persönliches und das gesellschaftliche Desinteresse übereinstimmten (zwei Kategorien, deren Produktivität natürlich in einem galanten Roman nicht ausreichend zu würdigen sind). Die weitere Auseinandersetzung mit mir verschob der Polizist, der aktuellen politischen Situation wegen, auf die Zeit nach Erscheinen des Buchs (auf den Sanktnimmerleinstag?).

KUNZE Also, was hat die Analyse ergeben?

HINZE Ja, was haben Sie aufgedeckt?

Der Polizist sah mich spöttisch an, sah Hinze und Kunze streng an, erblickte zuletzt die Leser und murmelte: Weiterfahren.

KUNZE Jetzt weiterfahren?

HINZE Wen?

KUNZE Einfach weiterfahren?

HINZE Wohin?

POLIZIST Hier wird nicht diskutiert, das ist eine Anweisung, Bürger.

ICH Ach so.

POLIZIST Oder gibt es Fragen?

Hinze grinste. Kunze sah Hinze prüfend an.

POLIZIST Ich sagte weiter, sag ich.

HINZE Also vorwärts.

POLIZIST Ja, genau.

Der kluge Hund geleitete die beiden Insassen, sie nahmen ihre angestammten Plätze ein, und der zerbeulte schwarze mistige Käfer fädelte sich rückwärts in das Verkehrschaos. Kunze schwieg verlegen, er hielt sich an die Weisung. Hinze war fürs erste froh, seine verborgne blutige Faust vor sich auf dem Lenkrad in Ruhelage bringen zu können. Es war mir aber klar, daß die verordnete Ruhe die internen Gespräche über ihre Verhältnisse ungemein begünstigen

mußte. Die Polizei erwies sich wieder als Freund und Helfer. Und der Tatra bog kaum in die Schönhauser, als Hinze fragte:
Ich weiß nicht, ob es im gesellschaftlichen Interesse ist, noch eine Frage zuzulassen, nachdem wir uns unsere Leute angesehen haben. Und bei dem Desinteresse allerseits! Und nachdem sie einen neuen Kurs fuhren durch die Innenstadt, der etwa der alte war: weil Kunze, wie er verkündete, längst beschlossen hatte, daß Hinze Lisa nicht zu fahren brauche. Gewiß, Kunze brach sich einen Zacken aus seinen Träumen ... Er mußte einen Pflock zurückstecken in seinem Garten der Lüste. Er mußte seine Hoffnung auf den nächsten Fünfjahrplan vertagen. Aber es galt, das Vertrauen wiederherzustellen, durch ein kleines weiches Kissen in Hinzes Rücken zu stärken, die behutsamen Hände eine Weile auf dessen Schultern zu pressen. Er dachte sich, in dieser Stellung, hingebeugt, unvermutet in Hinze hinein, seinen zuverlässigen Fahrer, diesen Experten. (Wann hatte er es sonst versucht? dies einzige Mal.) Den ganzen Tag warten und fahren, fahren und warten: auf ihn! Das Steuer in der Hand, und nicht selber lenken? Mußte er ihn nicht aus dieser Kapsel befreien, diesem schwarzen Kasten? Wie konnte man das vergessen. Jetzt saß Kunze hinten und vorn zugleich, und es zerriß ihn, ein heller berauschender Schmerz, der ihn zu sich brachte. Zu dem anderen in ihm, der auch ein Fahrer war. Als fände er seine Ruhe miteinander. Er ließ sich keuchend sinken auf seinen Grund, wo ihn der andere erwartete. Er umarmte ihn, drückte die Arme um seine Brust, von einer stummen Freude erschüttert. Hinze ahnte nichts, er teilte seine Freude nicht, er fuhr stur Kunzes Nase nach. Weiter geschah nichts. Ich begreife es nicht ... Wie hielten sie das aus? Der eine mit dem anderen, und wir machen es mit! Ich beschreibe es!
Im gesellschaftlichen Interesse,
sagen meine Leser.
Pah, natürlich,
erwidere ich: aber wer fragt, was es eigentlich ist?

Hinze nicht, er fragte nur das Wichtigste, er fragte (nachdem wir wieder Monate verstreichen ließen über diesem unbegreiflichen Text):

Darf ich dir mein Kind vorstellen?
Er fragte vermutlich, um gleich in die Frauenklinik rasen zu können, wo Lisa ein Töchterchen geboren hatte. Kunze zeigte sich überrascht von diesem Ereignis. Er schien so normale Entwicklungen nicht mehr für möglich gehalten zu haben. Seinen möglichen Einfluß darauf hatte er nicht sehr ernst genommen. Aber Hinze vielleicht, Hinze hatte es gepackt, er hatte einen würdigen Beitrag geleistet. Für das Neue! Kunze rappelte sich aus dem schlaffen, grauen Leib, brach mit jungenhaftem Feixen aus der Maske, streckte zwei ineinanderklatschende Hände vor, deren sämtliche Finger er fröhlich leckte und in die Abendluft stippte.
KUNZE Fahr zu, Mensch. Wir besichtigen es. Ich begrüße es!
Hinze pflasterte über den Hackeschen Markt.
KUNZE Wie soll es heißen?
HINZE Wir wissen es noch nicht.
KUNZE Es hat noch keinen Namen?
HINZE Wenn es nur erst ein Gesichtchen hat.
Es war aber so, daß sich Hinze nicht an der Abstimmung beteiligt, nicht einmal einen Vorschlag gemacht hatte, und Lisa hatte allein entscheiden müssen.
KUNZE Es wird sich einen machen. Unter unsrer Leitung.
Der kleine Blumenladen unter dem Stadtbahnbogen war (bei der Versorgungslage, für die ich verantwortlich bin) ausgekehrt, Hinze hielt kurzentschlossen am Monbijou und riß einen Arm Flieder aus den Anlagen. Kunze hangelte in den Klettergerüsten. Schlenzte vergnügt durch die unerwartet praktikable Landschaft. Für Kinder, ja für Kinder geschah etwas. Kroch mit Hinze über den künstlichen Hügel, und Hinze machte mit. Der eine mit dem andern auf allen Vieren auf den Steinen in die kleinen Löcher in die Betonkugel hinein. Lauschten auf die ferne Außenwelt, in der Autos rauschten, irrsinnige Insekten überflüssige Signale gaben, aufheulten, um Hilfe hupten. Glitten wie Verschwörer über die Rutsche in den Sand, mit dem sie sich zur eignen Verblüffung bewarfen, worauf sie sofort Baumaßnahmen in Angriff nahmen, aber ohne Bindung an den Plan oder ein lumpiges Projekt. Aus Spaß, wie man an ihren ruhigen ernsten Gesichtern hätte sehen können (oder daran, daß Kunzes Blick auf der Kleckerburg *ruhte* und Hinzes Faust sich öffnete, der Sand rieselte hindurch). Noch heute

sieht man, mit geübtem Auge, ihre Kreidestriche auf den Platten: HINZE KUNZE.
Auf den Fluren der Frauenklinik hinterließen sie eine sandige Spur, der einige finstere Schwestern folgten. Kunzes Beteuerung, man sei eben aus den arabischen Emiraten eingeflogen, denn man habe vorgezogen, unter den sauberen Bedingungen Preußens das Neue gebären zu lassen, beruhigte sie, erstolzte sie sogar. Sie geleiteten die Scheichs an Lisas Bett.
Als sie eintraten, ließ ich Lisa fest schlafen. Ich sehe ihr Bild an. Natürlich liebe ich sie … und in diesem rührenden Zustand um so mehr. Sie schlief, das begreife ich, ich beschreibe es nicht. Hinze drückte einen Kuß auf ihre Stirn, auf die Schweißperlen auf der anmutig hohen Stirn. Eine weit gewölbte Kreißende brachte einen großen Plastikeimer für den schwangeren Flieder. Kunze wagte nicht und erlaubte Hinze nicht, die Vorgesetzte zu wecken. Sie warteten.
Ich kann es nicht hinziehen, ich unterstehe dem Leser, dem mächtigsten Wesen. Hinze und Kunze trabten also zum Säuglingszimmer und ließen sich durch die Glasscheibe das Neugeborene zeigen. Eine dicke, rabiate Schwester streckte ihnen ein Bündel entgegen: das habt ihr nun, nun laßt das mal leben. Sie musterte diesen doppelten Vater, fackelte nicht lange, erkannte ihn, sie war nicht von gestern. War es aber an Lisas Lager meine Müdigkeit, so schlief jetzt das Kindlein von sich aus, obwohl ich hellwach darauf starre. Obwohl ich auf sein Brüllen lauere, auf ein Zeichen, auf eine erste Äußerung unter vier Augen. Es schlief, es tat nicht dergleichen. Nicht zu ersehen, was daraus werden wird … Ich, der besorgte Vater, verehrte Hebamme, blicke durch das Glas in die ungewisse Zukunft. Und während ich die Erwachsenen aus einem gedruckten Buch, einem Bild der Leipziger Schule oder wenigstens einem Foto reproduzieren konnte, fehlt mir hier die Vorlage; es ist ein unbekannter, eigentümlicher Mensch zu beschreiben. Beispiellos, wie ich hoffe, neu, anders. Mit diesem roten, runzligen Kopf beginnt er, hinter diesen kniffligen Augenlidern; mit diesem grämlichen Schnabel wird er nach den Brüsten greifen, mit diesen faltigen Ärmchen nach der Welt. Er schläft noch, es liegt nicht in meiner Macht … Und an diesen Ärm-

chen zeigt er mir – zwei, zwei Fäustchen, was soll das heißen, das winzige, unwissende Kind! Ein Dummkopf, ein Pessimist, ein geborener Fantast!
Kunze sah lange in das kleine Gesicht hinein.
KUNZE Du sagst, es ist dein Kind?
HINZE Natürlich.
KUNZE Das sagst du so. Ohne zu überlegen. So kannst du nicht reden.
HINZE Ja wie denn –
KUNZE Einbildung. Chauvinistisches Gefasel. Als wärst du der einzige Betreuer.
HINZE Ja was denn –
KUNZE Blödes Gehabe. Selbstbefriedigung. Du hast kein Recht auf dieses Geschöpf.
HINZE Ja wer denn –
KUNZE Du würdest dich übernehmen. (Er schrie:) Du kannst die Verantwortung nicht übernehmen!
Die Hebamme zog das Kind erstaunt zurück. Kunze sprach sich nicht weiter aus. Hinze verstand ihn nicht; wollte der den Vater machen, warum? Es schien ihn zu reizen, aus einem tiefen Grund.
KUNZE Überlaß das mir.
HINZE Das, das Kind?
Kunze umarmte ihn stumm. Wir kennen diese Szenen, wir kennen Hinzes Neigung, ein einverstandner Mann. Er ließ sich, so verkürzt gesagt, überzeugen. Er erkannte die führende Rolle an. Trat dem Freund die Vaterschaft ab, sie kam ihm abhanden, aber er sah wo er blieb. Der mußte zahlen, wennschon dennschon. So verfuhr der eine und der andre mit dem einen und andern. Und jeder machte mit. Nur nach außen wurde die alte Form gewahrt. Kunze mußte *natürlich* die Tochter verleugnen, scharf befragt von den Mitkunzen, die ihm natürlich an den Tatra fuhren. So war es Sitte auf dem Bau, wenn wir der Spur der Steine folgen. Ich habe Kunze krankgeschrieben: und sie suchten seine wunde Stelle. Hinze mußte dichthalten, oder von mir aus durfte er bei der Wahrheit bleiben. Es wird sich nie genau feststellen lassen, oder erst wenn sie größer ist. (Wer, die Wahrheit? Die wunde Stelle? Die Tochter?)
Aber womöglich, wie wir Lisa kennen, wird sie keinem ähneln.

Ick lese det, sagte Lisa blaß. Jetzt wo ick entwickelt bin, sie schluckte, kann ick mir dazu äußern. In der Funktion steh ick über den Jeschehen und darf mir inmischen! Da les ick schonn, wat ick noch nich weeß (ick werde't noch erfahren). Ick hatte schonn immer wat jespürt an meinem Hinze, so wat Unheimliches, wat Viehisches. Jetzt seh ick, wat ick in Arm halt. Jetzt wach ick uff aus mein Traum. Een Esel. Ick liebe einen Esel. Ick halt ihm fest, ick kralle mir in sein mageret Fell. Aba er stellt die Ohren auf und lauscht auf die Stimme von oben. Er läßt sich striezen, for det Jeld. Der vakooft sein Fell. Der jeht mir aus de Hände. Det jeht allet kontreer. Sein Herr Kunze reitet auf ihm wie Jesus nach Jerusalem durch Berlin Mitte. Ick häng mir an, ick laß Hinze nich los, obwohl ihn der Autor det anjelastet hat. Er kann sich nich wehren, det arme Tier. Und denkt und denkt die Jedanken, und hält et nich aus, und hat det Scheenste im Koppe. Ick höre ihm mit menschlicher Stimme sprechen. Er legt wie die Eselin Balaam Zeugnis ab for die Wahrheit. Det is det Liebeskraut, et träuft mir in die Oogen. Zwischen die Zeilen wächst et. Über den Rand. Wo allet schweigt, aba er sagt mal allet. Ick halte sein Eselskopp, det teuerste Teil vont janze Buch, und küsse sein borstijes Maul. Sein jroßes Maul. Die Warzen in Jesicht. Und schüttel mir dabei. Ein Mann und ein Unjeheuer, det is eins. Der Autor is ein Rätsel. Ick bejreif ihm nich. Wat is er for een Mensch. Ick halte Hinze, ick bin ihm jut. Ick muß so sinn, ick kann et lesen! So bin ick an janzen Leibe.
Aba wat mach ick, wenn ick weeß was ich weiß?

Wenn Kunze, auf langen Fahrten in den Sitz geplättet, Bilanz zog, mußte er sich sagen, daß seine besonderen Anstrengungen ohne besondere Resultate blieben. Bei Lisa, ja, hatte er etwas erreicht – aber half es ihm, mit *einem* ans Ziel zu kommen? Er war keinem Rechenschaft darüber schuldig, um so unerbittlicher verlangte er sie selbst. Er saß stundenlang auf diesen innerlichen Versammlungen, einer der vielen Schwätzer, die sich herausredeten mit der Arbeit, dem Dienst, der keine Muße ließ. Der nicht zur Besinnung kommen ließ. Aber das konnte er nicht laut sagen. Es war eine interne Diskussion, er saß zurückgezogen in der Ecke, vermummt hinter dem Zentralorgan, ein Illegaler. Es ging um

die höchsten Fragen. Hinze, an die Fernverkehrsstraße geleimt zwischen Bitterfeld und Halle, war natürlich ausgeschlossen von der Debatte. Unser Mensch war nicht so weit.
Aber es dachte in ihm fort, Hinze suchte zu einem abschließenden Urteil zu kommen. Er fragte sich lange genug, wen er da fuhr. Er wurde dafür nicht bezahlt, aber das sollte sich ändern. Das ist ein dunkles Kapitel ... das ich nicht durchschaue, das ich am wenigsten begreife. Das ich am liebsten beschreibe. Es kann sein, daß Hinzes Grübeln, sein Nachdenken über Kunzes Eigenart Unterstützung fand. Es wurde wahrscheinlich Angelegenheit gewisser Leser dieses Buchs. Was mit Kunze war, war vermutlich von gesellschaftlichem Interesse, man wollte es genau wissen. Das deckte sich mit Hinzes Interesse, ein verfallener Mensch schon ohne Nebeneinnahme. Er sah, wo er ungesehn blieb. Er führte ohnehin ein Schattendasein. Mehr kann ich nicht sagen zu seinem Vorteil, den er suchte. Bloße Vermutungen, Moralismus, bürgerliche Literatur. Es kotzt mich an. Kunze registrierte die kleine Veränderung amüsiert. Er spürte sie nur im Rückspiegel, so ein verhangener, weggeduckter Blick. (Der mir nach der Niederschrift oft – ausweichend – begegnet; diese Leute, die der Zukunft froh ins Auge sehn, aber nicht einander.) Kunze empfing ihn mit Genugtuung, gab ihn mit ungeheuerlich ungenierter Sicherheit zurück ... So hielten sie es vielleicht miteinander. Sicher ist, daß Kunze neuerdings den Kaffee trank und Hinze das Bier. Hinze den Klaren. Hinze den Harten. Sicher ist, daß es geduldet wurde, bemängelt, in Merseburg gerügt, aber geduldet werden mußte. So fuhren sie nach Leuna weiter, unsicherer, rücksichtsloser, aber wie es unterwegs ungelenk angedeutet wurde: vorwärts.

Kunze Die entscheidende Frage ist die Erhaltung des Friedens.
(Sie waren auf der Strecke von Sonneberg nach Heringsdorf. Ein angerissener Abend.)
Hinze (unscharf:) Deshalb ist die Rüstung so wichtig.
Kunze Hast du Fragen.
Hinze Nein, durch die entscheidende Frage sind alle anderen hintangestellt. Zum Beispiel die Frage nach den Le-

bensbedingungen, dem Hunger in Indien, Freiheit in Alaska und Information auf den Malediven. Schauspielhäusern Schulspeisung Altersheimen Demokratie und der Bewässerung der Sahara.
KUNZE Mal der Reihe nach ...
(Er übernahm halt die Leitung des Zirkels.)
HINZE Ja. Der Große Oktober begann mit dem Dekret über den Frieden. Lenin dachte, man könne sich ihn leisten. Eine kommunistische Idee. Man hat nicht damit gerechnet, daß der Frieden von Jahr zu Jahr teurer kommt. Er frißt am Fortschritt und scheißt auf den Wohlstand. Ein Sozialismus, dem eine so altertümliche Frage gestellt wird wie die nach der Sicherung des Friedens, sieht alt aus, aber er hat ja mit lauter alten Fragen zu tun. Er kann seine primitivsten Ziele, so sehr sie der Kapitalismus dauernd bewußt macht, vergessen. Wenn ich einmal die primitivsten Ziele in Erinnerung rufen darf:
KUNZE Moment, wir sind noch beim Frieden.
HINZE Es gibt den Standpunkt: wir haben ihn erhalten, aber was sonst?
KUNZE Das Leben.
Sie schwiegen eine Weile, in der sie zunächst dankbar an dasselbe, aber nach und nach an etwas anderes dachten.
KUNZE Halten wir das fest.
HINZE Wie es ist. Mit Waffengewalt. Auf die Gefahr hin –
KUNZE Um der Gefahr zu begegnen!
HINZE Du sagst es. Ich begegnete neulich dem Leiter eines Industriezweigs, den man zu den friedlichen zählen würde, Leichtchemie, Chemie bringt Brot Wohlstand Schönheit. Er erklärte in gemütlicher Runde, mit gehobener Stimme, vor anmutigen Damen, daß er seine Betriebe binnen 24 Stunden auf den Kriegszustand umzustellen in der Lage sei. Er sprach verantwortlich daher, er war hoch angebunden. Es war ein Thema, bei dem er aus sich ging, Profil gewann vor der Mannschaft. Er lebte richtig auf. Er redete sich in die nötige Begeisterung hinein. Ich hätte nicht so viel Witz erwartet. Wir sind beinahe Freunde geworden. Es fehlte nicht viel, vielleicht ein Krieg –
KUNZE Du meinst, man kann den Krieg auch herbeireden.

HINZE Einem Schauspieler, der die Rolle des Präsidenten der USA angenommen hat, könnte es gelingen. Er hat den Ton. Er versteht alte blutige Stücke, Opas Kino. Und vor allem: er kann nicht anders. Die Menschen hatten ja bisher wenig Leidenschaften, eigentlich nur die Liebe oder den Krieg. Wo es zur einen nicht langte, packte sie die andre, wie es ihren Möglichkeiten entsprach. Der Präsident sagt, er braucht Marschflugkörper. Das läßt tief blicken. Es kann kein Zufall sein, daß die Mittelstreckenrakete, die jetzt massenhaft in den Wald gesteckt wird, einem Penis traumhaft ähnlich sieht. Ich verstehe die Parole der Kriegsgegner, die sie harmlos schwafeln: Fickt den Präsidenten. Es könnte ihm guttun, aber man nimmt es nicht ernst. Man überläßt ihn seinen Problemen und geht der Arbeit nach. Er wiederum hofft auf die Verbündeten, daß sie ihn befriedigen. (Scharf:) Gut ist nun, daß wir mitspielen, wie aufgeschloßne, mitfühlende, mitziehende Partner, ideale Gegner –

KUNZE (der Unterricht entglitt ihm, er rief:) Gut? Notwendig!

HINZE Großartig.

KUNZE Ja gewiß, unsere Anstrengungen –

Ja gewiß, sage ich, wer ist mehr am Frieden interessiert als wir? Wessen Anstrengungen sind darauf gerichtet, die Kriegsgefahr zu bannen? Anstrengungen, die freilich die äußersten sind.

HINZE Genau. Man muß den Frieden weltweit herbeirüsten, dann wird er endgültig sein. Schließlich ruft jeder Kernwaffentest, Steenbeck gab es uns beinah zu verstehn, Veränderungen in der Gensubstanz hervor, die nicht reparabel sind. Der friedenssichernde Eifer muß unauslöschliche Erfolge zeitigen. Als Immanuel Kant im Jahr 1795 im Vorwort zu seinem Entwurf ZUM EWIGEN FRIEDEN die gleichlautende Überschrift auf dem Schilde eines holländischen Gastwirts zitierte, worauf ein Friedhof gemalt war, nahm er die Quintessenz des heutigen Denkens voraus. Insofern bedingt sich aber der Verfasser des Gegenwärtigen aus, daß, obwohl der praktische Politiker auf den theoretischen mit großer Selbstgefälligkeit herabsieht als auf einen, der dem Staat, welcher von Erfahrungsgrundsätzen ausgehen müsse, mit seinen sachleeren Ideen keine Gefahr

bringe und den man immer seine elf Kegel auf einmal werfen lassen kann, ohne daß sich der weltkundige Staatsmann daran kehren darf, dieser doch, im Fall dieser weltweiten Auseinandersetzung, nicht konsequent verfahren und hinter dessen auf gut Glück des Überlebens gewagten Meinungen eine Gefahr für die Menschheit wittern müsse.
Kunze mochte die Packpapiersprache dieses Experten nicht mehr ertragen.
KUNZE Weitere Wortmeldungen.
Hinze schwieg; es meldeten sich aber andere Stimmen:
Können Sie mir folgen, Herr Ardenne? (Walter Ulbricht)
SEID REALISTEN, VERLANGT DAS UNMÖGLICHE!
PETTING STATT PERSHING.
Genossen, wir dürfen uns nicht von der Geduld hinreißen lassen.
ORDEN MORDEN.
Wir werden dem Volk die Wahrheit sagen. (Wladimir Iljitsch Lenin)
Die Wahrheit liegt nahe, aber zwischen ihr und uns liegen 5000 Jahre Geschichte. (Dieter Duhm aus dem Odenwald, und er fügte barsch hinzu:) *Die Heimat der Wahrheit ist das Vertrauen.*
MAKE LOVE, NOT WAR. (Volksweisheit)
Werden wir die ersten sein, von denen es gesagt werden wird? und wird es nach uns von tausenden andern gesagt werden können, die es besser machen als Sie und ich? (Jacques le Fataliste, der seinen Text nicht genau behalten hat)
KAPPT DIE KATHEDER!
ALTFRÜHMITTELDEUTSCHUNDGOTISCH/FACHIDIOTISCH, UNEROTISCH.
DIE FANTASIE AN DIE MACHT! (Verschollene Franzosen)
DIE MACHT LIEGT AUF DER STRASSE.
Niemand in der Welt kann den Sieg der Kommunisten verhindern, wenn nicht die Kommunisten selbst ihn verhindern. (Michail Schatrow)
ICH VERSTEHE DIE WELT NICHT MEHR. (Meister Anton)
Alles ist möglich. („Verfasser des Gegenwärtigen“)
REVOLUTION, JE T'AIME.
SEID BEREIT. IMMER BEREIT. (Kindermund)
KUNZE Schluß jetzt ... Gibt es andere Fragen?
HINZE (sofort:) Warum kann ein Graskeim eine fünf Zentimeter dicke Asphaltdecke durchbrechen? Wie hält die Win-

tersaat bei minus 20 Grad die Wasserzirkulation aufrecht? Warum kommt die Natur bei ihren Bauten, z. B. Röhrenknochen, mit einem Minimum an Material aus? Wieso reagierten Zimmerpflanzen auf die Stimmung des Besuchers, der zur Tür hereintritt? Warum heilt eine verbrannte Hand in einem elektrischen Schwingungsfeld schneller als bei Behandlung mit Brandsalben? Wann lernen wir unsere Körperprozesse, all unsre Organe bewußt beherrschen? Warum kann Kopfweh schwinden, wenn man liebt? Warum liebt man oder liebt man nicht? (Kunze horchte auf.) Was ist das, was unsre Kommunikationspotentiale sperrt, staut und uns eine Moral aufzwingt? Wie wird der Lebensvollzug zur Lust? Wie kommen wir vom faktischen zum möglichen Menschen?

Ich weiß nicht, was stehenbleibt, was gestrichen wird in der weltweiten Auseinandersetzung, was unseren blinden Eifer überlebt. Was jetzt zu sagen ist von unseren Menschen, mögen sie auch Hinze und Kunze heißen, wenn sie durch die Hecke steigen und die eiserne Falltür öffnen, verlangt einen Realismus, der an die Nerven geht, einen entschiedeneren, einen konspirativen Realismus. Sie stiegen die Stufen hinab hinter dem Bungalow, von keinem gesehn; ihre Frauen wußten von nichts, würden aber die Nachricht finden. Es herrschte Klarheit darüber, daß die Maßnahmen die Zerstörung von Gebäuden und das Eintreten von Verlusten unter der Bevölkerung nicht verhindern können. Aber Kunze durfte nicht versäumen, in seinem Zwei-Mann-Betrieb das notwendige Grundwissen zu vermitteln. Die Bevölkerung der japanischen Städte und die Fischer auf dem „Glücklichen Drachen" waren unvorbereitet gewesen. Daraus ziehen wir die Lehre, wie es im Referentenmaterial hieß. Kunze hatte schon die Dienstreisen eingeschränkt und eine Urlaubssperre ausgesprochen; es galt nun, die Arbeitsfähigkeit der Leitung, seine also, zu 80 Prozent zu sichern. Freilich boten alle schattenwerfenden Gegenstände (niedrige Mauern, Baumstubben, dichter feuchter Wald, Hügel und auch Hüte) Schutz, wenn sie rechtzeitig genutzt wurden. Aber am geeignetsten war, unabhängig von seiner konkreten Gestalt, der in wochenlanger Feierabendarbeit unter dem Grundstück – aber wir übergehen das, es geht uns nichts an. Es wächst Gras darüber, das Frau Kunze jetzt ahnungslos schnitt. Es handelt sich nur um eine Übung, eine Stilübung für den Ernstfall. (Der Ernstfall wäre ein Roman: die übliche Katastrophe.) Das Konspirative des Realismus wird sogleich an einem Detail deutlich: als Hinze die dicken Türen von innen dichtmachte, verspürte er schon den Drang zu scheißen; in vergiftetem Gebiet durfte jedoch die Notdurft nicht verrichtet werden, weshalb er es sich jetzt und im folgenden verkniff. Schon sein gepreßtes Gesicht hatte etwas Heimlichtuerisches, seine zusammengezogne Gestalt geistert, ein einziges Abwinken, zwischen den Zeilen – man lese darüber weg. Die Teilnehmer fanden den Raum vorbereitet, Material und Verpflegung waren sichergestellt. Kunze belobigte den Helfer. Er machte ihn, in auffallend herzlichem Ton, mit den ausgearbeiteten Weisungen bekannt, die ihre erhöhte Einsatzbereitschaft betrafen. Ein engstes, vertrauensvolles, kameradschaftliches Verhältnis war herzustellen. Das war, obwohl immer davon die Rede gewesen war, neu. Hinze beschlich ein wohliges Gefühl. Er wohnte keiner formalen Anleitung bei, er war wirklich angesprochen. Er hing an Kunzes Lippen. Das richtige, der jeweiligen Situation angepaßte Verhalten, fuhr dieser fort, entscheidet oft über Leben und Tod. Das Wort *oft* beeindruckte Hinze, irgend etwas (direkter Befall?) rieselte an seinem Rücken. Seine Kleidung, Kunze entdeckte es, war nicht eng geschlossen, radioaktive Substanzen hätten am mageren Hals eindringen können. Man kann sich schützen, sagte er, aber man muß wissen wie! Nach dem Ablegen der womöglich vergifteten Roben mußte eine sehr gründliche Ganzkörperreinigung durch Benutzung der vorhandenen Badeeinrichtung durchgeführt werden, zuerst ließ sich Kunze den Rücken mit der Handbürste reiben die bemoosten Schultern, dann – er forderte durch mehrmaliges Hinabstoßen beider gestreckter Hände hinterrücks dazu auf – das Gesäß und die Hinterbeine, wusch sich selbst flüchtig die vorderen Partien aber schien seinen eigenen Schutz nicht sonderlich wichtig zu nehmen. Er griff nämlich rasch nach der Bürste um den Freund zu schrubben begann vorn am Hals der vermutlichen Eintrittsstelle und in systematischem Kreisen um die Brustwarzen und den Nabel den platten Bauch hinab in das schwache Gestrüpp wo, sagte er, die Gefahr der Aktivierung am größten sei. Nahm dann flugs als gelte es wirklich ein Leben zu retten den Waschlappen und seifte den Teilnehmer mit der guten rosa Seife von der gelben faltigen Stirn bis zu den Zehen ab ließ ihn in der seit Tagen gefüllten Wanne tauchen seifte ihn abermals schaumig rieb ein drittes Mal die besonders gefährdeten Teile das naiv staunende Gesicht die Leistenbeuge das Geschlecht die merkwürdig verkrampfte Faust die Kunze vorsorglich öffnete und – wobei sich Hinze in breiter Grätsche zu bücken hatte – die Afterspalte und diese noch ein viertes Mal: und jedesmal, wissen wir ja, kniff Hinze die Backen zusammen, weil er mußte. (Sonst wäre jetzt tatsächlich ein Lächeln begnadeter Freude über seine lasierten Züge geglitten, ans Erstaunen der Söhne des Ostens erinnernd, die nach einer langen Eiszeit die Selbstkritik aufgehen sehn.) Kunze eilte dem abgekämpften Freund mit dem gelb-weißen Flauschtuch entgegen und empfand nichts als Behagen siegreich schnaufend selber aus allen Poren dampfend. Die Entaktivierung, sagte er und deutete auf Hinzes alarmiertes Geschlecht, hat nicht gewirkt. Sie legten helle locker sitzende Kleidungsstücke an die möglichst wenig unbedeckte Körperstellen ließen kauerten sich an den Boden da auf ihn nur ein Teil des einfallenden Strahlenbündels gelangt. Hinze war nun ein wenig schwummrig, doch schien er von der Lebenswichtigkeit der Maßnahmen nicht ganz überzeugt. Kunze erläuterte mit rötlichem zerflossenem Gesicht daß es hierbei weniger auf Details ankomme als auf die zielgerichtete Herausbildung der wichtigsten Prinzipien und daß bei allen Anstrengungen staatlicherseits die Mitarbeit jedes einzelnen Bürgers … er griff nach ihm, Interesse und Bereitschaft an weiteren Ausbildungsveranstaltungen teilzunehmen und diese aktiv mitzugestalten. Hinze wollte endlich austreten, aber er war von der Leitung ins Vertrauen gezogen, er zurrte die Ringmuskeln zusammen und schnürte sie gleichsam mit Bewußtsein zu. Oben grollte der Rasenmäher. Kunze packte Mullbinden auf Hinzes Mund und Nase wobei er sich dem Licht aussetzte der Staubsäule der Druckwelle die ihn gegen den Freund preßte! (Ich sehe, daß dieser Bericht noch immer zu offen, vertrauensselig erstattet wird. Es ist größere Zurückhaltung geboten.) Was läßt sich mit Sicherheit unverfänglich sagen? Sie blieben lange da unten; es galt: Je länger, um so besser. Aber während Hinze durch den Stuhldrang abgelenkt war vom Ernst der Übung, steigerte sich Kunze offensichtlich in den Ernst hinein. Er war befallen aktiviert erkrankt stierte den Gefährten mit den braunen den wasserhellen klaren freudegeweiteten runden Augen an und umschlang ihn in der Gefahr. Es war verzweifelte Selbsthilfe ... Er wollte sich vor der Vernichtung schützen und seinen Betrieb. Er liebte den Betrieb ... der sollte es wissen. Begriff Hinze das? Dieser kleine schwarze faltige Sack, der an sich dachte, der Scheiße brüllte! Kunze schüttelte ihn kniff ihn in die – (Es wäre an sich alles beschreibbar, wenn der konspirative Realismus nicht jede persönliche Handschrift streng verböte. Ich bin genötigt, die referentenhafte Form zu wahren.) Kunze hob seine Aktentasche über den Kopf des Teilnehmers, um ihn gegen den Hagel zu schirmen. Er deckte ihn gegen die Reststrahlung mit seiner breiten Brust, kontrollierte selbst die Nahrungsmittel, das Bier, bevor er Hinze die Flaschen reichte. Er unternahm gegen Mitternacht allein einen Aufklärungsgang über die mondweiß bestrahlte Wiese. Er zog verständnisinnig die Nase zu, als der Kamerad am zweiten Tag wütend stank. Er nahm ihn gegen alle Vorwürfe in Schutz. Er half ihm, eine Einstellung zu finden, Klarheit zu gewinnen – Tätigkeiten, bei denen er sich sonst, wider allen Anschein, von Hinze hatte helfen lassen. Immer waren es ja die Leitungen gewesen, deren Position innerlich gefestigt werden mußte, die Vertrauen brauchten – jetzt war es umgekehrt, er ging dem Beschissenen zur Hand. Und doch fühlte er sich sicher wie nie in seiner Haut, nicht des Betons wegen, sondern weil ihr Verhältnis seine richtige, dauerhafte, eine neuartige Form gefunden hatte, in der es ewig bestehen konnte. In der ihr unvermeidlicher Umgang es nicht unterwühlte sondern betonierte. Durch die – manche sagen scheißfreundliche – die bewußte, aufopferungsvolle Haltung, ihre übertriebene Freundschaft. In der dritten Nacht, als sie sich, mit Schutzmasken, schon einige Zeit im Freien aufzuhalten wagten, ließ Kunze den Seinen hinter einem niedrigen Erdwall in Deckung gehn, der Länge nach, mit den Füßen in Richtung Kernschlag, und legte sich – wieder die Übertreibung – auf ihn, deckte ihn mit seinem ganzen Leib, umarmte ihn, hielt ihn sicher und warm –

Wir vergessen das, und sie fuhren auch schnell auseinander. Die Sätze stehn lässig auf dem Papier, und ich sitze lässiger als sonst, den Unterkiefer vorgeschoben, den Blick gleichmütig zwischen den beiden. Ich rühre mich nicht, doch in diesem Augenblick fühlten sie einen körperlosen Schatten zwischen sich fallen, lautloses Dazwischenschlagen, die Eiseskälte der Beschreibung, gnadenlos. Denn ich begreife nichts, ich schreibe und schreibe. Ich steige nicht dahinter! Was ist das für eine Sehnsucht, frag ich, für ein rasendes Verlangen? Ich schäme mich meiner Figuren, die die Lippen ausstrecken, als wenn sie verröcheln müßten. Was für ein abnormes Verhalten, für das ich mich engagiere? Der Stämmige und der Magere saßen fröstelnd auf der weißen Wiese. Das gnadenlos bedruckte Papier, die gnadenlos aktiven Sätze, deren Strahlung durch alle Gegenstände dringt, die gnadenlosen Leser. Wären sie, wie mein Freund F. empfahl, ins Dampfbad gegangen, wo in den wallenden Schwaden auch die Fantasie und das Wohlwollen wallen, wo *alles* Volk war! Aber sie waren hier, sie hielten sich hier fest. Sie hielten es miteinander. Aus.

Unauffällig, am Ende des Buchs, aber in der Lottumstraße aufmerksam beobachtet, vollzog sich ein weiteres Kapitel in Lisas Entwicklung. Sie stand in dessen Verlauf mit dem Rücken an den Küchenschrank gelehnt, die Schultern steif zurückgezogen, die Hände hinter sich an das Holz gekrallt. Na, nu wirds Tach. Nu seh ick dir, wie de bist. Hinze nahm verwirrt und überrascht seine unverzichtbare Habe, Hosen Unterhosen Hemden, aus den Schränken und trug sie, von Lisas unverhülltem Blick gewiesen, an Kunze vorbei hinunter in den Tatra. Mit den Mann schäm ick mir ja in Abjrund rin. Die Anwohner sahn, wie dem kleinen, gut gelittenen Schofför die Beine weich wurden, er warf sich mit jedem Bündel in den Wagen, vergrub das gelblichweiße Gesicht in der Fuhre. Tappte wieder hinauf, Lisa aufgemöbelt in der Küche. Sowat lebt nich! Wejen die Märker und Fennje. Det ha'k dir nich jeheeßen. Er klaubte seine Schuhe, Krawatten, seine Mütze in die mageren Arme, so langsam es ging. Schob Lisa ein wenig zur Seite, um ein Besteck aus dem Kasten zu reißen. Einen Flaschenöffner. Sie stieß, mit dem nackten Fuß, eine Bierflasche um, stieß sie ihm nach. Det is

keen Mensch, sein Kindeken vakoofen! Er tat ihr den Gefallen, die Flasche zu nehmen. Ein Trinker, na was, so ist es doch gut, daß er nicht der Vater ist. Daß wir dem Besseren den Posten lassen. Er grinste Kunze blicklos zu, drehte sich mit der Kledasche hinaus, memorierte erstickt Lisas Worte. Det gloobste allet nich. Keen bißken Schmiß. Bleib man so bei. Er klappte an die Wand im Treppenhaus, schabte mit der bebenden Brust an dem bunten Schorf entlang. Kam noch einmal die Treppe herauf vor das hölzerne Portal, sah in die heimeligen gelben Scheiben in den roten Mohn. Ick brauche ihm nich! Det liecht nich drin. Er schrammte die Stirn in das Klingelbrett. HINZE. Kunze im Korridor sah in die leeren Bilderrahmen. Er billigte Lisas Vorgehn nicht. Der Beruf, die Funktion, das Kind – wie wollte sie das pakken, ohne Mann? Man mußte sich wieder kümmern, gottseidank. Die ginge in die Knie. Er schnaubte aufgeregt. Leere alte Rahmen, immer noch. Es war keine Galerie geplant. Es war nur ein überraschender Einfall mehr. Hier war nichts geplant ... Hier war alles möglich. Jetzt fragte er, an diesem irren Tag mußte er fragen: was sie sich dabei denke? Bei der Wand! – Bei die Bilder? – Bei den Rahmen. – Sie schwieg. Det hatte ihr wat jejeben. Sie hatte immer eine Menge Bilder drin gesehn, nicht einunddasselbe: ville. Jetzt sah sie nichts mehr. Wie ausgekratzt, weiße hoffnungslose Flächen.
LISA (überraschend:) Verschwinde, du ooch. Mach dir selten.
Die Anwohner der Lottumstraße sahen zwei stumme bleiche Männer kopfüber in den praktischen schwarzen Wagen klettern, zwischen Deckbett, Benzinkanistern und einem halbvollen Bierkasten Platz suchen und, am Sargmagazin und am Verlag für Agitationsmittel vorbei, verzweifelt langsam in die Schönhauser rollen. Sie sahn Lisa aus dem Fenster äugen, schnippisches Gesicht, und eilig das Fenster zuschlagen. Bevor ihre Tränen rannen, kleine Tränen, die auf ihrem Weg, weit außen über die Backen, den fest geschlossenen Mund überquerten. Ich trat hinter sie – es liegt in meiner Art des Schreibens, meiner zudringlichen, meiner hoffnungsvollen Art –, berührte sie aber nicht, dachte nur: ich nehme sie wieder zu mir, ich überlege mir was, ich gebe sie nicht her, nicht so, wir bleiben beieinander –

Ach, Quatsch, du, sagte sie. Laß mir sinn. Ick erwarte nischt. Ick ha so jenuch vons Leben. (Die Tränen rannen.)
Du lebst dir aus, sagte ich.
Sie hörte nicht zu, sie hatte das Kind aus dem Korb genommen und an die Brust gelegt und zog sich, während sie es säugte, die Lippen nach und stellte mit der freien Hand den Fernseher an. Die Tränen rannen. Ich strich ihr über den Kopf, sie schüttelte ihn unwillig, sie machte sich ihn ohne mich. Ich war der dritte Überraschte. Und bin doch froh, wenn ich die Leute in der Lottum sagen höre – wie immer sie es meinen, es ist das einzige, was wir noch erfahren: die lebt.

An einem andern Tag sagte Hinze, in seinem schwarzen Wohnwagen: Es ist doch bewundernswert, daß man immer wieder Formulierungen findet, für die Aufstellwände, die von der Sache allgemein genug reden.
KUNZE Das ist die Hauptsache, daß alle angesprochen werden.
HINZE Alle, genau, z. B. der eine bestimmt oder, ein anderer Fall: verdient mehr als der andre und kann sich mehr leisten und herausnehmen. Da muß ein Begriff hinzugezogen werden, auf den das Problem gebracht wird, damit es annehmbar wird –
KUNZE Hinzeundkunze.
HINZE O nein, man spricht von unterschiedlichen Verbrauchsgewohnheiten der Bevölkerung, was richtig ist. Es ist aufregend richtig und realistisch, das muß man anerkennen. Und muß nur wissenschaftlich fortfahren und auf die differenzierte Bedarfsentwicklung verweisen, schon ergibt sich eine überzeugende Direktive, welche fortschrittlich ist.
Kunze haßte ja die Diskussionen, wiewohl sie notwendig waren; er würde sie nicht missen müssen.
HINZE Es ist von Entwicklung die Rede, von Bedarf und von differenziert, was immer ein kulantes Wort ist – wer denkt daran, daß ein ungerechter Zustand beibehalten wird? Man darf nur kein Problem daraus machen.
KUNZE Siehst du, unser Konsumgüterbinnenhandel –
HINZE Manche sagen: eine Gesellschaft, die es fertigbringt,

schöne Sätze auf verwilderte Fassaden zu hängen, ist nicht geheuer. Aber es kommt auf den Text an. Für solche Wände eignen sich Formulierungen über ungelöste Probleme, wie z. B. DER SOZIALISMUS SIEGT, ABER WIE? In dem Sinn halte ich es für kurzsichtig, daß die Leute in der Lottum sich schämen, am 1. Mai die rote Fahne ins Fenster zu hängen. Sie halten es für eine Schande, aber vergessen ganz, daß die Fahne zum Kämpfen ist. Sie reden sich damit heraus, daß die Kämpfe festgelegt sind und die Lottum ist nicht erfaßt.

KUNZE Verlotterte Leute …

HINZE Freilich, eine Zumutung für jeden übergeordneten Standpunkt. Sie denken an sich und nicht daran, daß eine Idee zum Sieg zu führen ist! Es scheint jetzt geradezu ein Fehler der Idee, daß sie Tugenden erfordere wie frühere Ideen auch. Die Leute stellen sich hin und stellen sich krank, oder bezahlen nicht in der U-Bahn, obwohl es so schon billig ist; sie finden es billig, die Bezahlung abzuschaffen, damit sie nicht die Moral aufbringen müssen, wo ohnehin mehr davon verlangt wird. Bei den Sonderschichten, bei der Materialversorgung; früher wars nur die Notwendigkeit, die sie schlucken mußten, jetzt auch die Einsicht in sie. Sie wirken überfressen. Nichts ist aufreibender als zuviel Einsicht, weil man nicht mehr dumm daherreden kann und seine Meinung von sich geben.

KUNZE Dann sollen sie klug reden.

HINZE Ja, das kannst du … kannst du. Aber ich … Ich bin immer wieder sprachlos. Mir fällt es nicht ein.

Ich merke es, sagte Kunze. Dummes Zeug! Fahr zu.

Wohin?

Na, vorwärts … Weiter halt.

Sie fuhren weiter, aber ich kann nicht so fortfahren in diesem Text. Ich muß mir eingestehn, daß wir, Hinze, ich, die zuständigen Leser, in unserem, oder im geheimen, Auftrag nicht zurande gekommen sind mit unserem Nachdenken, oder über den Rand hinaus, oder zwischen den Zeilen, mit zusammengekniffnen Arschbacken, herumhasten … (bei dieser Übung, in verdächtigem Gelände). Zumal nicht mehr nur über Kunze getiftelt wird, auch über Hinze, und womöglich über mich: der ich das schreibe, der ich es nicht begreife; und ihr macht das mit … Wie halten wir das aus?

Das wird auffallen, das wird zu Fragen Anlaß geben, und dann antworte ich für euch und ihr mit:
Ahja, natürlich, im gesellschaflichen Interesse.
Dann mach nur so weiter, sagen meine vieldeutigen Leser.
Aber ich schrieb nicht weiter, ich fuhr, mein eigner Kutscher, zu einer Lesung nach Dresden, um mich meiner Leser zu versichern. Ich saß unter dem Himmel der Heimat im Großen Garten vor dem Halbrund des Theaters. Es dunkelte. Ich las die gefährlichsten Texte: Liebesgedichte; die laue Nacht, die abenteuerlich stummen Zuhörer verleiteten mich zu dem subversiven Thema. Aus den Wiesen, aus den breiten Wegen wehte ein betäubender Duft. Die riesigen Bäume standen, das blühende Leben, da, mit herausgestreckten Organen. Die Stadt stille, nur ein Keuchen, ein bewußtloses Schnarren drang vom Fučikplatz oder aus den Fabriken in Striesen herüber. Ich hörte mir kaum zu, ich hörte auf das Knistern in der Luft. Ich sah die dunkle Gemeinde nicht, mit der ich mich verbrüdern wollte. (Konnte es sein? Wir miteinander? Sie, auf denen morgen wieder die Arbeit lastete – und mir ist sie eine Lust. Mir ist sie ein *Vergnügen*, wie gesagt. Ich sah mit schlechtem Gewissen auf die Menge. Ich bin pervers, sagten meine Lehrer: aus einem Luxus einen Beruf zu machen. Konnten wir uns lieben?) Ich redete draufzu, ohne Angst, aber ohne Hoffnung. Ich las mit murmelnder, eintöniger Stimme, ich redete wie gewöhnlich, um mein Leben.
Die Diskussion begann, und ich saß noch im Lichte, sie im Schwarzen; ich antwortete ins Mikrofon, sie mußten verlegen brüllen. Ich hob einen der beiden hohen Scheinwerfer aus dem Gras und drehte ihn ins Publikum, um es zu erkennen. Und saß doch wieder aufs Podium erhoben, über dem Abgrund. Eine ungleiche Lage, aus der wir uns entließen. Aber nun umstanden sie den Tisch, ich stand auf. Nun konnten wir uns was flüstern. Da sah ich, mit dem ersten Blick, eine junge Person dicht vor mir in der zweiten Reihe, nicht groß, ein runder freundlicher Kopf, das helle Haar fest herum, helle von innen beleuchtete Augen. Sie fragte nichts, sie sah mich unverwandt an, und ich sah sie unverwandt an, auch als ich ihr den Rücken kehrte und mich den Fragen eines Experten gegenübersah, wie Kunze in Hinzes

Wagen. Wie Kunze, in Hinzes Wagen, aus dem Fenster starrend einem Rock hinterher. Ich schnappte nach Luft, ich redete dummes Zeug. Der Schweiß brach mir aus der Maske. Ich wandte mich nach unendlich langer Zeit wieder herum und merkte wie in der Bewegung ein anderer Kopf aus meinem Rumpf schnellte mit mühelos fröhlichem Gesicht meine unbeachteten Arme wie die eines selbstsicheren Boxers zu schlenkern begannen mein Mund eine irrsinnige Qualle in den Sog geriet. Meine Antworten wurden entsprechend wirsch wirblig trocken. Der fröhliche Kerl stieg in meinen ganzen Körper schaukelte sich darin daß die Äste flogen. Ich kann es nicht erklären, was soll ich verbreiten? Ich hatte mich in der Hand, aber was hatte ich da? Im Innersten, war ich zuständig dafür? Was wollte da heraus, in welche Diskussion. Ich hatte keine Zeit, mich zu prüfen; ich runzelte nur die Stirn wie ein überfahrener Chef. Und doch hätte ich mich umarmen mögen, den unvorsichtigen Fahrer, die gesengte Sau! Die Frau betrachtete meine Verwandlung, ohne zu erschrecken. Sie schien alles zu begreifen, was ich nicht begriff … was ich beschreibe. Die Scheinwerfer wurden, als sich die Unterhaltung hinzog, gelöscht, wieder eingeschaltet, wieder verdunkelt, und wir standen im Stockfinstern; das war der Verschwörung zuviel. Wir brachen auf, ich verlor die freundliche Gestalt aus den Augen. Nicht daß ich geschrien, daß ich geröchelt hätte, ich atmete nur durch. Ich lief richtig auf den geraden Wegen geradeaus, vorwärts sozusagen. Aber ich spürte das Fieber. Ich war nur eben vom Schreiben aufgestanden, aber ich konnte mich nicht mehr setzen. Ich wußte es, ich bin krank, ich kann jetzt nicht weiter. Ich schäme mich, Kameraden. Es ist bei mir weit hinein böse. Ich begreife mich nicht … Ich setze mich in den Wagen, mein eigner Fahrer, der sich anweist, und selber denkt, und stiere stumm aus dem Fenster den Fremden nach.

Anhang

Der Verlag an die Leser

Was lag näher als die Idee, dem sonderbaren Roman unseres trefflichen Autors Volker Braun eine kleine Lektürehilfe beizugeben? Die Lesart, sagten wir uns, nach einem Blick in jüngere Literaturtheorien, ist ja mindestens so wichtig wie der Text. Das weitet die Verantwortung der Verlage auf unerwartete Weise aus! Müssen sie nicht, nach der Art Brechts, die von ihnen veröffentlichten Texte mit „Anleitungen zum Gebrauch“ versehen, um die Verwirrungen in Grenzen zu halten? Und: erwächst ihnen, wenn der Platz des Schriftstellers, wie neulich wieder zu hören war, in der Hölle ist, nicht die Pflicht, den Zugang zu diesem schwierigen Gelände ein wenig zu erleichtern? Leider stieß jedoch der Plan zu einem Nachwort auf Zurückhaltung. Der bekannte Essayist J. Adam Bergk machte sich zum Wortführer der aufklärerischen Meinung, das Leben solle zur Selbsttätigkeit der Denkkraft und zur Selbständigkeit des Charakters führen, Bücher seien zur Beförderung unserer Mündigkeit an Kopf und Herz sehr tauglich, Kommentare seien deshalb Sache der Leser. Wir konnten die Differenzen noch nicht ausdiskutieren und wählten daher den Kompromiß, den der Leiter unseres Archivs vorschlug. Man findet im Anhang einige ältere – zunächst nicht zur Veröffentlichung gedachte – Schriftstücke aus dem Verlagsvorgang „Hinze-Kunze-Roman“, Briefe, deren Abdruck jeweils von Verfasser und Empfänger gestattet wurde.

Der Verlagsdirektor an einen Außenmitarbeiter des Hauses

Betr. Hinze-Kunze-Roman. Sehr geehrter Herr! Hiermit möchten wir anfragen, ob es Ihnen möglich ist, in unserem Auftrag das Gutachten zu der o. a. Arbeit von Volker Braun zu schreiben (deren Text schon seit dem Sommer 1981 in Ihren Händen ist). Die Sache verzögert sich ja immer mehr! In Erinnerung an Ihr Vorwort zu der in unserem Verlag letztendlich erschienenen Braun-Publikation „Im Querschnitt“ sind wir überzeugt, daß Sie sich auch zu dem neuen und – wie selbstverständlich immer bei unserem Autor – problematischen Werk klärend äußern können. Mit freundlicher Empfehlung.

Der Erstgutachter an den Direktor des Verlages

Werter Verlagsdirektor! Sie fordern mich auf, ein Gutachten zu übernehmen, und Sie setzen mich damit in Unruhe: Was können Sie eigentlich von mir wissen wollen?
Wenn Sie Ihrem ersten Blick in die Dokumentationen unserer Meinungsforscher trauen, werden Sie eventuell zweifeln, ob Braun Ihnen eine gute Ware verspricht. Die beliebtesten Romane sind anders. In ihnen gibt es eine kontinuierliche, wenn möglich spannende Geschichte, deren Figuren sich dem Einfühlen antragen und deren Sinn ohne weiteres hervortritt. Für solches Gefallen arbeitet Braun keineswegs. Unterbreitet er nicht eher eine diskontinuierliche Folge von Episoden, die sich noch dazu oft als Fragmente darbieten und deren Fluß durch dauerndes Sicheinmischen eines Erzählers gehemmt wird? Läßt er nicht Figuren auftreten, die in ihren Motiven etwas unübersichtlich sind, in einer Gegend, deren Hintergründe nicht ganz ausleuchtbar scheinen? Und liefert er nicht ein Material, dessen Sinnzentrum offenbleibt? Brecht nannte eine neue Sorte von Theater, um den Unterschied hervorzukehren, „Thaeter“. Jetzt also auch noch ein *Ramon*? Überdies mit Ausfällen gegen Romane, wie sie in den Büchern stehen, und ausgerechnet einer, der gesellschaftliche Probleme der Gegenwart unseres Landes zum Gegenstand macht! Die Meinungsforscher verraten uns nämlich auch, daß das Publikum neuerdings sehr zurückhaltend zu reagieren pflegt, wird es zu seinem Interesse an solcher Literatur befragt. Da haben einfach unterhaltende Bücher, noch dazu die, welche vom Leben und Geschehen in anderen Ländern berichten, größere Aussichten – eine Auskunft, so unangenehm, daß Schriftsteller dem Boten böse werden, der die Nachricht überbringt.
Lassen Sie doch einmal eine Aufstellung machen, in der

Themen, Strukturen und Absatzerlöse ins Verhältnis gebracht sind. Dann wüßten Sie gleich, woran Sie sind. Aber ganz aussichtslos scheint mir der Braun nicht zu sein: Ich vermute, Ihre Aufstellung würde zeigen: Immer noch ist wichtig, wer da etwas anbietet und was da angeboten wird. Sehen wir nicht, seit Ende der sechziger Jahre schon, unter unseren Autoren verstärkt den Versuch, auf die Wirklichkeit in vielfältigeren Weisen zuzugehen, als sie von der Form des schlichten Erzählens vorindustrieller Zeitalter vorgeschrieben schienen, und hat nicht Prosa mit verwikkelterer Anlage, die den Lesenden mehr Arbeit abverlangt, beträchtliche Auflagen erfahren? Selbstverständlich auch sind die Autoren nicht davon abgekommen, Probleme unserer Gegenwart literarisch zu erörtern – und Werke, die das tun, gehören die nicht immer noch zu den größten Bucherfolgen? Weshalb also sollte Braun nicht ebenfalls Ihre Ökonomie zufriedenstellen können?

Da ich Ihren geschäftlichen Kalkulationen eine bilanzierbare Sicherheit einfach nicht bieten kann, soll ich mich also über den literarischen Wert des Autors äußern, darüber, ob er schreiben kann? Aber haben Sie da Zweifel? Das wäre wirklich ein neues Ding, ein Verleger, der nicht Geschmack genug hätte, selbst zu urteilen, der sich bei anderen erkundigen müßte. Also wollen Sie Ihr positives Urteil nur überprüfen? Nun ist unser Mann kein Anfänger, er ist längst geprüft worden. Nicht durch ein Expertengremium (könnte es sich überhaupt einigen?), sondern durch viele, die mit seinem Schreiben, wie es in Ausschnitten schon zu lesen war, sympathisieren konnten. Sie sehen: ich gehe unverdrossen von meiner Überzeugung aus, daß nicht ein Kunstgericht über so etwas wie literarische Güte entscheiden kann, daß die Leute für solche Urteile zuständig sind, – wenngleich Braun seinem Erzähler aufträgt, mit der Idee des zuständigen Lesers Spott zu treiben. Ich vermute, dies ist nur eines seiner ironischen Mittel, den Mut zur Zuständigkeit anzustacheln, und ich weiß mich mit dem Autor einig, daß Marx, auch wenn er noch unbesonnen jung war, recht hatte, als er sagte, die Idee des „*befugten* und *unbefugten* Lesers“ – Konsequenz der Vorstellung vom befugten und unbefugten Autor – stünde uns nicht an, wie sie klassisch den Ägyptern anstand, „wo die Priester, die befugten Auto-

ren, in einem die einzig befugten Leser waren". Wenn nun viele Leute Brauns früheren Arbeiten, dem „Ungezwungnen Leben Kasts" oder der „Unvollendeten Geschichte", seinen Anekdoten und Berichten ihre Zustimmung nicht versagten (von seinen Gedichten und Dramen will ich erst gar nicht reden), so ist das wichtiger als irgendeine einzelne Meinung, zum Beispiel auch die meine. Solch ein Autor ziert Ihr Haus.
Aber doch nicht ein für alle Mal?! – könnten Sie jetzt sagen und von mir wissen wollen, ob sich Brauns Vermögen wiederum bewährt. Aber es wird Ihnen nicht helfen, daß ich versichere: der Hinze-Kunze-Roman gehört zu den ... (ich würde mir den weiteren Zorn der Autorenschaft dieses Landes zuziehen, wenn ich Ihnen die Zahl verriete, die ich da im Auge habe) Erzählwerken unserer Literatur, die seit Beginn der achtziger Jahre diesen Namen auch verdienen. Sie wüßten dann eigentlich nur etwas über mich. Und viel mehr erführen Sie nicht, wenn ich diese Ansicht noch spezifizierte. Das könnte ich natürlich tun. Ich könnte beispielsweise sagen, daß hier eine Prosa vorliegt, pointenhaft-lakonisch und philosophisch-erhellt, die, so kahl sie scheint, artistisches Raffinement offenbart: eine Rede, die in der gesprochenen Sprache (auch der Dialekte) wurzelt, die scheinbar mit deren Laxheiten läuft und dabei doch sehr bewußt Bedeutungsüberschneidungen und -verschiebungen produziert, die geläufige Wendungen und Vokabularlisten auf ihren Sinn befragt und ihren Unsinn zeigt. Das alles nicht bloß als „Form", weil hier – wo kommt so etwas sonst schon vor in unseren Büchern? – Sprache in ihren hohl gewordenen Konventionen, Glätten, Verschweigungen zum Gegenstand gemacht, Sprachkritik geleistet wird. Auch könnte ich anmerken, daß Brauns Schreibweise voller Erfindungen steckt – zum Beispiel im Spiel mit der Fiktion, in dem der Erzähler unversehens in das Leben seiner Erzählung spaziert, mitunter deren Welt verläßt und seine eigene betritt, die dann die Welt des Autors wird (wenn er mit anderen über sein Erzählen, über gerade im Entstehen begriffene Kapitel diskutiert), oder am Schluß seine Geschichte von Hinze und Kunze ganz vergißt, weil ihm seine eigene Geschichte wichtig wird. Eine kleine Poetik wird bei der Gelegenheit entwickelt (es kann sein, daß Brauns Werk

auch ein Buch für Literaten wird: Es läßt studieren, was man alles machen kann). Und ich könnte Ihnen weiter erklären, wie ästhetisch richtig hier gesetzt ist, was ich vorhin „offenbleibendes Sinnzentrum" nannte. Es bedeutet nicht nichts, sondern, daß etwas nicht klar ist, daß wir es selbst erkunden sollen. Daher auch die ständig wiederkehrenden Formeln der Frage: Was hält Hinze und Kunze zusammen? Was treibt Kunze? – Verfahren, die (so konsequent zum erstenmal in unserer Literatur) die Suche organisieren. Schließlich könnte ich auf die schöne Vielfalt hinweisen, mit der hier operiert wird – nicht der Eindruck einer gleichmäßig erfahrbaren Welt wird erzeugt; vielmehr sollen Brüche auffallen: Brüche in der Erzählart, durch die das Dargebotene mal als real, mal als phantastisch gegeben wird, und vor allem Brüche in der Wertungsart – kommen doch die verschiedenen Szenen ernsthaft oder harmlos-humoristisch oder nachdenklich-heiter oder grotesk-komisch oder satirisch-direkt undsoweiter daher, was bedeutet, daß hier nicht synthetisierend über den Schatten unserer Unwissenheit, der Widersprüche unserer bloß teilweisen Wirklichkeitszugriffe gesprungen werden soll. Und ich könnte ... aber was soll das! Werden Ihnen diese Sätze in irgendeiner Weise nützlich sein für die Entscheidung, vor der Sie stehen? Nehmen Sie doch das Werk als das, was Literatur sowieso nur ist, als Antwort auf offene oder geheime Fragen der Menschenwelt und darin wieder als Frage, die von anderen Antworten verlangt: Ist wichtig, was mir gegeben wird? Der Blick gemäß, unter dem es erscheint? Das Verhalten akzeptierbar, in das ich gesetzt werde? Werden in der Antwort Solidarisierungen ausgelöst, werden wir Bedeutendes über uns erfahren. Hier und nirgendwo anders liegt die „Gefährlichkeit" von Literatur. Denken Sie bloß daran, was das heißt, wenn sich auf einmal herausstellt, worüber wir gemeinsam lachen können! Und viel gesagt ist auch, wenn das Angebot des Werkes ausgeschlagen wird: Man weiß dann besser, daß das da das für viele Wichtige, Gemäße und Akzeptierbare nicht ist.

Das Risiko dieser Alternative wird Ihnen kein Gutachter abnehmen können. Deshalb werden Sie wohl im Grunde Auskunft über ein Drittes verlangen. Muß sich nicht für Sie

– weil Literatur Ausdruck ist von Gesellschaft und in der Gesellschaft wirkt – vor jeder Publikation eines Buches die Frage erheben, was es im ideologischen Zusammenhang leisten wird, ob es dem gesellschaftlichen Interesse dient? Es gibt Autoren in unserem Lande, die diese Frage nicht an sich oder die Literatur gerichtet hören möchten, und zwar aus poetischem Feingefühl. Ich verstehe sie nicht recht, weil ... – aber das führt schon wieder zu weit. Braun jedenfalls werden wir nicht verletzen, wenn wir nach Interessen und Nutzen fragen. Seinen ganzen Text durchzieht die Rede, daß Literatur allgemein, sein Roman im besonderen und sogar das, was dort im einzelnen vorkommt oder nicht vorkommt, dem gesellschaftlichen Interesse zu folgen hat – welch eigenartiges Leitmotiv! Er wird es sich gern gefallen lassen, wenn man ihn daran mißt. Sicher, manchmal behauptet sein Erzähler, es sei im gesellschaftlichen Interesse, dies und das zu berichten oder dies und das nicht zu berichten, gerade an Stellen, wo uns Lesern doch die Zweifel kommen, wo wir vermuten möchten, der Autor, so wie wir ihn kennen, sei just vom Gegenteil überzeugt. Wir wollen nicht vergessen, daß es sich um eine Komödie handelt, die noch ihr Erzählen komödisch behandelt und deshalb mitunter den Erzähler (Brüche auch in ihm) als einen gibt, der Einspruch provoziert (ein Fall von Eulenspiegelei, wenn Sie wollen). Ein delikates Verfahren, durch das aber das Entscheidende geschieht: Wir beginnen zu überlegen, was es denn nun mit dem gesellschaftlichen Interesse und der Literatur in seinem Dienst auf sich hat. Frage ich nach der möglichen Leistung des Romans in unserem Leben, so sehe ich nicht zuerst darauf, welche Botschaften die Geschichten für sich allein tragen – und Sie sollten das auch nicht tun, so reizend diese Geschichten sind und so sehr Sie sich über sie freuen oder ärgern mögen. Wir sollten bedenken, was diese Geschichten *zusammen* mit der Rede vom Interesse *auslösen*: Sie erwirken einen Prozeß des Besinnens – und der bleibt wichtig, unabhängig davon, ob man in seinem Verlauf nun das Erscheinen der Geschichten im Roman begrüßt oder ablehnt. Damit ist Ihre Frage fast beantwortet: Es muß ja wohl im gesellschaftlichen Interesse liegen, über das gesellschaftliche Interesse nachzudenken. Braun, heiter fragend und verwickelt distanziert, kann dazu anregen, und er hat auch einen inhaltlichen Vorschlag, philosophischer Kopf, der er ist. Ich lese den Winken des Romans die Ansicht ab, ein oberstes Interesse von Gesellschaft müßte darin bestehen, auch in ihrer Sprache, in ihren Gedanken, in ihrer Literatur bei sich, bei ihren eigenen Verhältnissen anzukommen, und dies sei wichtig, weil es hier und dort, bei Hinz und Kunz noch nicht geschah. Was er nun selbst von den Verhältnissen sehen läßt, mag manchen von uns befremdlich anmuten, und manch einer von uns möchte vielleicht denken, der Autor sei nicht befugt zu seinen Ansichten. Aber Vorsicht!: Die Frage, ob literarische Bilder Wirklichkeiten treffen, wäre leicht lösbar, wenn man, was sie sagen, durch eine Folie betrachten könnte, auf der, zum Beispiel durch die Wissenschaft, ein Bild des gültigen oder gar endgültigen Wissens von der Welt aufgezeichnet wäre. Wir hätten dann auch ein brauchbares Verfahren, regelrechte Literatur zu produzieren: Wir könnten alles abtrennen, was über die Umrisse der Folienzeichnung hinausragt, und wir könnten, falls der Autor selbst dazu nicht bereit ist, die leer bleibenden Flächen mit Mustern füllen. Ich finde es sehr lustig, daß der Roman eine Szene enthält, wo unter Führung einer Frau Professor Messerle dieses Verfahren geübt wird. „Messerle" – „Abschneiden", „Beschneiden" liegen nicht fern. Hier wird plötzlich sehr klar, daß durch Literatur auf die angedeutete Weise, wo sie Knecht ist noch von etwas anderem als der Realität (früher nannte man sie dann in Ansehung ihres Geschlechts auch „Magd"), ja gar nichts Neues zu erfahren wäre. Und wir haben doch öffentliches Einvernehmen, daß wir auf die *Entdeckungen* der Kunst so wenig verzichten können, wie, zum Beispiel, auf die der Wissenschaft. Ist das aber wirklich so, so werden wir auch einräumen müssen, daß, zum Beispiel, die Wissenschaft nicht oder nicht immer oder nicht gleich wissen kann, ob und wo in der Kunst Entdeckungen vorliegen: Dies wird sich herausstellen. Ich spüre, bei Braun werden ein paar geliefert, und vor allem werden sie so geliefert, daß wir zu ihnen ein Verhalten einnehmen können, das ich für mich ein „Verhalten nach vorn" nenne. Wenn Sie Ihre Frage nach dem gesellschaftlichen Interesse ganz weit fassen, so müssen Sie bei diesem Roman fragen, ob hier richtig gelacht werden kann. Hier nun, meine ich, wird unser Handel endlich ernst, und ich muß Ihnen bündig Auskunft geben: Ja. Wenn das Gut-Achten heißt, können Sie es dafür nehmen. Hochachtungsvoll.

P. S. Ich lege Ihnen einen Brief an Volker Braun bei – die Niederschrift eines ersten Eindrucks wird Sie vielleicht interessieren.

Ein Leser an den Autor

Lieber Freund! Hinze und Kunze sind ja wohl unerschöpfliche Reservoire in Deinem Gestaltengedächtnis: das Stück „Hinze und Kunze“, die „Berichte von Hinze und Kunze“ – und jetzt noch ein „Hinze-Kunze-Roman“. Geht es eine Weile so weiter, wird ein „Führer durch die Hinze-und-Kunze-Welt“ nötig werden, damit man sich zurechtfindet und nicht aus Versehen etwa den Hinze oder den Kunze aus dem Stück mit dem Hinze oder dem Kunze etwa aus dem Roman verwechselt, was Dir vielleicht nicht angenehm wäre – sie sind dieselben nicht. Obwohl sie sicher auch ihr Gemeinsames haben. Zum Beispiel gleichen sie sich darin, daß man die beiden nicht verstehen kann, wenn man sie nicht als Positionen in einem bestimmten Verhältnis versteht. Denn aus den Verhältnissen und nicht „aus sich“ erhalten sie bei Dir ihr Leben – was für alle, die auf organische Gestalten aus sind, ebenso ein Ärgernis sein dürfte wie der Umstand, daß sie Kunstfiguren sind. Ich aber finde es großartig, wie Du das Äußere Deiner neuen Personen mit Fühmanns Geschichte von den drei Männern in der Sauna und mit Pfeifers Bild vom Feierabend in der Unterführung beschreibst. Das ist mal ein vertrauter Umgang mit der von den Künsten erfundenen Gesellschaft: an das, was andere uns vor Augen führten, kann angeknüpft werden; kollektive Phantasie arbeitet und reichert das Gelungene mit neuen Realitätsmaterialien an. So freut man sich auch, dem Erzähler wiederzubegegnen, den man von Diderot her kennt, aus dem Roman „Jacques der Fatalist“. Mögen die, die sich über Deine Schreibart wundern, ruhig einen Blick in die französischen Prosastuben werfen. Es könnte sich dann manches anders lesen als in unserer Romanküche, in der das Ringen anhält, Talent und Charakter, Umstände und Gesinnung in einem Topf zu bringen. „Wie waren sie zueinander gekommen?“ so gibt Diderot zu fragen auf: Jacques und sein Meister, Herr und Knecht, die der Erzähler – der dauernd versichert, es werde hier kein Roman geschrieben – auf eine Reise schickt, welche aber doch seine Aufmerksamkeit weniger fesselt als die vielen Anekdoten, galanten und ungalanten Geschichten, philosophisch-moralisch-ästhetischen Reflexionen und Quasidialoge mit den Lesern. Wichtige Züge dieser Struktur, mein Lieber, hast Du einfach gestohlen – was selbstverständlich meinen Beifall findet: Auch Diderot versichert ungeniert, er habe streckenweise den Sterne abgekupfert. Und neue Erfindungen gibt es bei Dir übergenug. Du beantwortest für Deine Leute die Frage, die Diderot am Anfang stellt, aber Dich kümmert mehr die Fortdauer des sonderbaren Verhältnisses. „Wie hielten sie es miteinander aus?“ läßt Du fragen: Hinze und Kunze, Herr und Knecht, die nun nach dem Sturz des Ancien Regime durch die preußische Prärie reiten – oder besser: fahren. So gehört es sich auch nach Brecht, der die beiden Großfiguren, die seit langem (man sagt: seit dem Lazarillo, aber wieso nicht seit Petronius?) durch die Literatur geistern, in seinem „Puntila“ zum erstenmal, glaube ich, ins Auto umsteigen ließ. Jedenfalls sehe ich in den antiquierten Sprüchen von Herr und Knecht mehr als einen witzigen Einfall: den Hinweis auf eine literarische Tradition, auf eine Tradition aber auch des philosophischen Denkens, das mit der verknappenden Formel einen Zentralpunkt gesellschaftlicher Relationen erkundete, den Zusammenhang und Widerspruch nämlich von Selbständigkeit und Unselbständigkeit in der Verfügung über Ziele, Inhalte und Ergebnisse der Tätigkeit. Auf diese allgemeinere Konstellation, denke ich, kommt es Dir wohl an und – das könnte ihre Wiederkehr in Deinen Schriften erklären – darauf, was aus ihr in veränderten Lagen wird, und also auch aus Hinz und Kunz, die sie machen.

Mein Freund, ich komme hier ins Reden (wahrscheinlich, weil man mich zu einem Gutachten aufgefordert hat, das ich nicht schreiben mag, weil ich nicht weiß, was Gut-Achten ist – heißt sein Gegenteil Bös-Achten, Schlecht-Achten, Wahr-Achten?), und dabei wollte ich Dir nur schnell mitteilen, daß mich Dein neuer Versuch sehr erheitert und ermuntert hat, wahrscheinlich, weil er so phantastisch komisch und komisch phantastisch ist und weil einem beim Lesen eine Menge in den Sinn kommen kann, und daß ich wünschte, alle Literaturbeobachter würden ihn wohlwollend aufnehmen. Aber meinst Du denn, dies wird geschehen?

Glaubst Du nicht, es werde wenigstens ein Stimmgewaltiger kommen, der wörtlich nimmt, was in Deinem Text steht, und sagt: Was soll nun das? Herren und Knechte haben wir nicht mehr in preußischen Landen! In welchen Lebensmustern bewegt sich dieser Autor? Wohinaus will er denn noch mit sich und mit seinen Leuten? Und was wird mit dem Beifall der anderen Seite? Die vielleicht historisch wieder einmal nicht denken will und vielleicht sagt: Ha, haben wir es nicht immer gewußt? Herren und Knechte wie eh und je! Der Braun ist ein feiner Mensch, der zeigt endlich mal daß nichts geändert ist, störend sind nur diese unterschwelligen kommunistischen Ideen, die er hegt und einigen seiner Leute andichtet! – Allerdings muß man schon mächtig viel übersehen, um so große (und zweifellos sehr tüchtige!) Mißverständnisse herzustellen. Du kannst darum bitten, zunächst einmal genauer in Dein Buch zu blicken. Es lebt nicht von den Herren und Knechten, die erbgemäß in Stiefeln und Pantinen einhergingen; ihr Gegensatz ist nicht der, welcher aus der Fixierung verschiedener Stände und Klassen kam. Die Menschen in unserer Welt – das hast Du vor einiger Zeit geschrieben, mein Gott, es sind fast zwanzig Jahre her: Wie haltbar sind denn die Motive in Deinem Leben? – sind nicht in ihren sozialen Positionen angenagelt, sie werfen sich selber hin und her zwischen den Seiten der Widersprüche, in die sie verwickelt sind. Bei Hinze und Kunze, so läßt Du anmerken, gibt es keine Entwicklungen. Vielleicht – aber es deutet sich ein bewegliches Zueinander des gesellschaftlichen Personals an, in dem die Proben eines Rollentauschs, die da vorkommen, absurd nicht scheinen mögen. Und mit Lisa gibst Du die Figur einer anhaltenden, wenngleich kaum selbstbestimmten sozialen Mobilität. Ein Index der geschichtlichen Veränderung wird so geliefert, aber auch dadurch, daß aus dem Herr-Knecht-Verhältnis einiges von dem verschwunden ist, was die früheren Denker zu ihrem kritischen Nachdenken brachte: daß der Knecht die Arbeit und der Herr den – vom Unterworfenen bereiteten – Genuß hat; daß der Herr zweifelsfrei glaubt, der Knecht – selber doch ein menschliches Wesen – sei ein selbständigkeitsloses Mittel seiner Zwecke; daß der eine oder der andere oder beide sich einbilden, der Knecht sei vom Herrn abhängig, nicht aber der von jenem. Du brauchst gar nicht herumzugehen und Leibniz, Kant und Hegel und, was weiß denn ich, wen anzuführen, um diesen Abstand zwischen Deinen Bildern und der Tradition zu erläutern, die in ihnen zitiert wird. Es handelt sich noch um Gang-und-Gäbe-Bewußtseinsformen in Gegenden, wo es zum Beispiel Arbeitgeber und Arbeitnehmer, Selbständige und Angestellte gibt – und die Differenz ist Teil vom Sinn Deines Romans. Ein grinsendes Lob kann Dich deshalb nur als Verleumdung treffen. Härter freilich müßte Dich schon das tadelnde Unverständnis ankommen, wenn damit gemeint sein sollte, angesichts all des Neuen könne nun gar nicht mehr von dem gesprochen werden, was in der Tradition zur Formel von Herr und Knecht gerann. Solche Reaktion ist denkbar, weil manche von uns geneigt sind, auch in die Realität nicht genau zu sehen. Es kann doch leicht sein, daß zu der Neigung zu Illusionen die Ansicht gehört, durch neue Beweglichkeiten im Widerspruch sei schon die Spannung abgeschafft, die zwischen Selbständigkeit und Unselbständigkeit existiert, und es kann sein, daß man glaubt, es sei heute etwa zu sagen möglich: *Der Mensch* hier ist Herr seiner Verhältnisse – ohne daran zu denken, daß *die Menschen* sich auf verschiedene Weise an diesen Verhältnissen beteiligen, nicht nur mit verschiedener Qualifikation und Verantwortung, sondern auch mit verschiedener Verfügung über Inhalte, Ziele und Ergebnisse der Tätigkeiten, als Führende oder Ausführende oder (um im Bilde zu bleiben) mit dem Unterschied zwischen dem, der den Wagen auf der Route hält, und dem, der bestimmt, wo es lang geht. Du, Braun, forderst zum Lachen auf über geübte Formen dieses Verhältnisses; die sie aber und ihre Folgen nicht sehen wollen, werden nichts zum Lachen finden. Und ebensowenig die, welche sie doch sehen und schon für die große Vernunft halten, weil sie insgeheim nicht glauben, daß unsere Zeit wirklich die tiefgreifender politischer, ökonomischer, sozialer und geistig-kultureller Wandlungen sein kann. Oder doch? Ich fasse wieder entschiedenen Mut!: Es ist ja wohl kaum vorstellbar, daß nicht auch sie sich anregen lassen, wenn sie in den Spiegel sehen, den Dein Roman ihrer Natur vorhält. Schon ein Schmunzeln würde verraten, daß sie die Provokation verstanden haben. Provokation? Ich habe (das will ich Dir jetzt einmal verraten) bei meinem Lehrer Gerhard Scholz gelernt, daß Komödisches einen Provokateur präsentiert, die mächtige Unangemessenheit, die angemaßte Macht, und auch einen Replikanten, der ihm entgegentritt – was Protest und ein neues Gefühl der Angemessenheit hervorruft und im Lachen freisetzt. Ich frage Dich: Ist Kunze der Provokateur? Tatsächlich wird der als komisch abgestraft, nicht zuletzt wegen des in ihm fortlebenden früheren guten Glaubens des Herrn, seinen Knechten fehle allein das Wissen, und es sei, sie zu bilden, zu erziehen und so voranzubringen seine sittliche Pflicht. Es ist ja doch ein bißchen unsittlich, wie Kunze vorgeht, nicht? Aber Hinze, der Schuft, der uns sympathisch sein kann, wenn er den Mund aufmacht, sieht nicht besser aus in der Beziehung. Er lebt unter dem Bewußtsein seiner hellen Momente; faul und träge, wie ein älterer Philosoph gesagt hätte, ist er gerne unmündig; wissentlich, räsonierend und renitent begibt er sich in seine Lage und hält auch Kunze in der seinen fest. Ein Provokateur also er ebenfalls, und das bringt mich dazu zu denken, daß das eigentlich schockierende komische Moment nicht in dem einen oder dem anderen allein gegeben ist, sondern in dem Verhalten beider Parteien, die sich gegenseitig in ihre Rollen verweisen und auf diese Weise, zu ihrer beider Schaden, das Verhältnis von Selbständigkeit und Unselbständigkeit reproduzieren. Wer aber nun ist der Replikant, der zur Komödie gehört? Der Erzähler ist – oder Du, der Autor, bist – es auch nicht: Der Schluß des Ganzen nämlich offenbart ihn oder Dich (ich kann Euch, was Du ja wahrscheinlich gewollt hast, nicht auseinanderhalten) als einen vom Schlage Kunzes – wodurch Dein Buch indirekt komisch werden kann, heiter und ironisch. Aber Lisa?! Von der Hinze und Kunze denken, sie sei die ihre, die aber die beiden Herren zum Teufel jagt (was nun wieder eher zu einer Satire paßt, weil Komödien mit Hochzeiten enden), –

Gegenentwurf zu beiden und ihrem Verhältnis, ein Mensch, der sich qualifiziert, Verantwortung, Leitung übernehmen wird und doch (was allerhand verspricht) seine unpolierte Sprache nicht vergißt? Sicher Lisa! Würdest Du mir aber recht geben?: Der Replikant ist mehr, ist wie der Provokateur etwas Zartes, Verstecktes, wenn man so will, Abstraktes – Hinzes, Kunzes, des Erzählers, Deine, meine, unsere Ahnung von der weitergehenden Ungeheuerlichkeit der Zwecke unserer Bewegung? Das wäre einmal, leise in die Fabel gebracht, eine Hypothese über die Totalität unserer Gegend, über die man diskutieren könnte. Komödien müssen solche Hypothesen bedeutender Höhe wagen, wenn sie groß werden wollen, wie sie auch, um ihr Zentralproblem richtig setzen zu können, in die Fülle gehen, ihre Hauptkonfliktfabel mit so viel Konfliktfabeln wie möglich anreichern, so viel Beschwerdepunkte einer Gesellschaft wie möglich anführen müssen. (Gerhard Scholz, den ich Dir hier wieder nacherzähle, weil er das phantastisch herausgearbeitet, aber nie komplett aufgeschrieben hat, sprach immer so schön von „Gravamina".)

Freilich bleibt trotz allem meine Furcht. Wird nicht leicht Gravamen und Provokateur eher als, was er aufgeschrieben hat, der aufschreibende Autor? Vor allem könnte es geschehen, daß man Dir den Kunze nicht verzeiht. Was für ein Typ soll denn das sein? wird gefragt werden, und es wird auf Kunzes merkwürdige Neigungen hingewiesen werden, auf seinen erotischen Tick und seine schon alberne Förderungswut, sein abartiges Verhalten bei Demonstrationen, in Versammlungen und Argumentationen und auf die Tatsache, daß er meist in Ausschnitten seines Lebens erscheint, in denen er, der Abgearbeitete, nicht arbeitet. Man wird Dir Abgeschmacktheit vorwerfen, und es wird vielleicht ernst gemacht werden mit den Vorwürfen, die Du spaßeshalber (oder soll auch das etwas bedeuten?) in Dein Buch eingestreut hast – daß nämlich die Handlung vom Wesentlichen abschweift. Du wirst möglicherweise noch rechtbehalten können, wenn Du antwortest, Du habest ja nirgendwo behauptet, daß Kunze für etwas anderes typisch sei als eben für Kunze, etwa für Chefs – im Gegenteil würdest Du andere Chefs auftreten lassen, ernste Männer und noch höhere Chefs, die Kunze durchaus kritisch im Visier zu haben scheinen. Möglicherweise könntest Du Dich auch noch mit dem Hinweis durchsetzen – obwohl sicher schwer atmend, denn die Begriffe sind gefügt –, es käme in der Literatur überhaupt nicht immer auf das Typische an, sondern manchmal – so hier – auf den extremen Fall, der nicht das Gefühl auslösen soll: „Aha, so ist es also überall und im allgemeinen!“, sondern die Frage: „Nanu, wie ist denn so etwas möglich?“ Aber wirst Du auch noch mithalten können, wenn die, welche genau wissen, was das Wesentliche ist, das da aus der Wirklichkeit herauszuschürfen und in die Literatur zu implantieren ist, und welche deshalb das für Dich Wesentliche mit dem vergleichen wollen, was sie schon kennen – wenn die weitergehen und fragen: Ja, wie ist es denn nun möglich? Ist Kunze vielleicht krank, im medizinischen Sinne, ist er dabei überzuschnappen oder tritt er in die Wechseljahre ein? Ist er einfach brutal, energisch genug, Charakterschwächen mit Wohltaten zu bemänteln, oder ist er einer, der ausgezogen war, die Welt zu verändern, der aber unterwegs sich eingerichtet hat und nun sein privates Glück sucht mit Haus und Garten, Frauen und Männern, und nicht zu vergessen, mit einem Bunker? Weiß der Autor, was er will – denn alles das bietet sein Roman als Erklärung an? Willst Du Dich dann hinter Deinen Erzähler stellen, den Du in Deinem Buch mehrfach beteuern läßt, beschreibbar wäre vieles schon, begreifbar aber nicht – und dies ganz ohne List, weil Du die Wahrheit nicht in der Tasche hast, sondern suchst (wie wir alle)? Oder willst Du sagen, Du habest die angeführten widersprüchlichen Erklärungen bloß gesetzt, um durch ihren Widerspruch darauf aufmerksam zu machen, wie schnell wir zu Erklärungsmustern greifen, die imstande scheinen, gesichtetes Chaos in die Ordnung wenigstens unserer Vorstellung zurückzubringen – auch wenn sie offensichtlich, wie im Fall Kunze, die Probleme nicht fassen, vielmehr nur, was gesellschaftlich zu begreifen wäre, ins Naturhaft-Medizinische oder Ethisch-Individuelle umformulieren? Oder wirst Du gar verwundert aufschauen und zurückfragen: Mit welchen Augen, ich bitte Euch!, seit Ihr denn auf Kunze, diesen liebenswerten Menschen, meinen merkwürdigen Bruder, einen zweifellos tüchtigen leitenden Werktätigen, der jedoch auf geheimnisvolle Weise überschüssige Energie hat und deshalb ein wenig verrückt ist? Könnt Ihr denn nicht erkennen – so wirst Du womöglich in Deiner von mir hier erfundenen künftigen Verteidigungsrede fortfahren –, daß meine Sympathien bei ihm sind, insofern er von dem tieferen Wunsch angetrieben ist nach einer Welt, erfüllt von Liebe, einer Sprache, die nicht länger durch Gestanztheit den Zugang zum Wirklichen erschwert, vom Verlangen und der Möglichkeit eines jeden, seine Kräfte ganz zu entfalten und ständig zu bereichern, von einer Gleichheit, die die Unterschiede nicht aufhebt, uns aber doch in einigen Funktionen unserer gesellschaftlichen Organisation austauschbar macht? Und daß ich zum Spott über ihn einlade (und durch ihn hindurch über die Welt, die ihn formt), insofern all dies eine *verdrängte* Ahnung zu bleiben hat und deshalb nur schief, verkehrt und zwanghaft sich äußern mag in Absonderlichkeiten, Abenteuern, anarchischen Visionen, Frauenförderungen und Reden, bei denen die erotisierte Wahrheit durch die Sprachwälle bricht? Vielleicht wirst Du dann zu Autoritäten greifen, zu Goethe zum Beispiel, der mit seinem Diderot(!)-Kommentar naheliegt, weil er dort bei seinem Abschied vom Klassizismus zur Pflicht erklärte, sich auf der Höhe der barbarischen Avantagen zu halten, die immer schon das Ungeheure mit dem Abgeschmackten in Berührung brachten?

Aber ich will jetzt aufhören, Dir irgendwelche Bekundungen zu unterschieben. Was ich Dir in den Mund legte, sind meine Varianten, wie man sich Kunze nähern kann (ein Weg reicht sicher nicht aus), und ich hoffe, sie sind den Deinen nicht fremd. Hätte ich recht, so enthielte Dein Roman einen Vorschlag zur Interpretation von Gegenwart, wie er noch in keinem Buche steht. Aber wird er auch zugänglich sein? Ist er deutlich genug? Ich lasse mir den Spaß nicht verderben, wenn ich in komplexen, widersprüchlichen Symbolen zu denken gezwungen werde. Was aber, wenn Deine philosophisch unterfutterte Bildsprache als naturalistische gelesen wird, folglich Kunzes Erotik als überzogen oder gar als schweinisch empfunden, die leise Kritik an ihm übersehen und das Ganze als laute Kritik, als die der Denunziation mißverstanden wird? Da wirst Du blaß aussehen, mein lieber Freund, und Du wirst es schwer haben. Und ich kann Dir auch sagen, warum: Gerade an der sehr wichtigen Stelle von Kunzes Verrücktheit, die, wie der alte Hegel sagen würde, substantiellen Gehalt in sich hat, ist der Zaun zur Realität womöglich zu hoch, oder der Abstand zwischen ihr und der literarischen Gestalt zu groß, könnte ein Widerspruch entstehen zwischen Deiner Figur und dem, was Tausenden erfahrbar wird – nicht weil sie so extrem, sondern weil sie in ihrem Extrem selbst utopisch, ihr Konflikt in der Realität noch nicht entfaltet ist. Oder? Du hast den Konflikt schreiben können, ich habe ihn – hoffentlich – lesen können, weshalb also sollten ihn nicht viele im Lachen verstehen? Ich ziehe auch hier meine Furcht vor dem Schlimmsten zurück, ich bin Optimist und daher grüße ich Dich.

An den Leiter des Kritiker-Aktivs im Schriftstellerverband der DDR

Es sollte uns im Aktiv, geschätzter Vorsitzender, der Roman von Volker Braun beschäftigen. Ich habe ihn schon lesen können und kann deshalb wissen, daß das Buch die Kritik vor ein paar Probleme stellen wird. Etwa vor die Überraschung seiner Traditionswahl. Gerade haben wir uns damit abgefunden, mit Bezügen zur Romantik konfrontiert zu werden, da kommt Braun mit seiner Wiederaufnahme der Aufklärung. Ist nun die Vergangenheit wirklich schon komplett zitierbar geworden – oder deuten sich hier etwa innerliterarische Auseinandersetzungen an? Die Feldschlacht, besser – weil es so offensichtlich kriegerisch nicht mehr zugeht in unserer Literatur –: das Getümmel, von dem Braun auf dem 7. Schriftstellerkongreß berichtete, scheint anzuhalten. Nur findet es auf neuen Terrains statt. (Nebenbei: Wer kann erklären, weshalb bei anderen Autoren das 18. Jahrhundert plötzlich auch stofflich wichtig geworden ist, ich meine nicht das der Revolution? Das war doch früher niemals ein Bezugspunkt! Was sollen denn die Leute mit all diesen Gundlings und Bessers und Mendelssohns und den anderen Figuren aus den verschollenen absolutistischen Zeiten?). Aber das nur nebenbei. Ich (stelle gerade einen kleinen Anhang für das Buch zusammen und) ahne, daß dialogische Verständigung uns hier gut täte. Ärger könnte es zum Beispiel geben, weil Literaturkritiker wieder einmal (nicht so raumfüllend wie bei de Bruyn, aber doch so polemisch-direkt wie punktuell bei Strittmatter) zum Gegenstand einer Personalsatire gemacht werden, die weit entfernt davon ist, nur lustig zu sein. Das ist für die Gilde bestimmt kein Zuckerlecken, doch wird sie es schlukken müssen. Selbstverständlich ist das Bild verzerrt (wie viele Bilder des Romans). Wir Kritiker haben aber wohl den anderen Berufsgruppen, die sich vom Roman angerempelt fühlen könnten, mit gutem Beispiel voranzugehen in der Annahme des Satzes: Verzerrungen bei Satiren nicht dulden zu wollen, heißt, Satiren überhaupt nicht dulden zu wollen. Freilich wird dies nur akzeptabel sein, wenn die Kritik zu fortgesetzter Selbstkritik bereit ist – obwohl sie vielleicht rufen möchte: Haben denn die Schriftsteller immer noch nicht (ich lasse „immer noch" sagen, weil der Tadel seit dem 3. Schriftstellerkongreß von 1952 einfach nicht aufhören will), haben sie nicht bemerkt, welch große Anstrengungen gemacht worden sind, die Literaturkritik zu verbessern? Wir könnten vielleicht verstehen, weshalb uns Bissigkeit begegnet, wenn wir uns – das Gedächtnis ist lang! – aus der jüngeren Vergangenheit den Umgang der Kritik mit den Satiren oder überhaupt den Komödien in die Erinnerung riefen. Sie gerade waren es, die oft den Gegenstand der berühmten Literaturdiskussionen von ehedem bildeten (die manchem Vergeßlichen heute schon wie ein Idealzustand literarischer Öffentlichkeit vorkommen). Und was löste meist die Debatten überhaupt erst aus? War es nicht allzuoft Ablehnendes, in dem ein Wissen über die Besonderheit der literarischen Verfahren und Wirkungsweisen des Komischen nicht mitsprach? Äußerte sich so nicht allzulange (um ein Wort von Hanns Eisler abzuwandeln) die Dummheit in der Kritik? (War es die der Kritik?) Und heute? Heute stehen wir vor dieser Art von Literatur zwar mit besserer Meinung, aber immer noch mit ziemlich leeren Händen. Ich vermute, niemals hat das Kunstdenken bei uns den großen Aufsatz von Lukács über die Satire zur Kenntnis genommen (wie der selbst im übrigen die schon 1930 angestellten Überlegungen vergessen mußte – sie hätten das danach eingesetzte ästhetische System gesprengt) und vor allem, was dort über die Möglichkeit der Satire gesagt worden war, nicht nur zur Kritik von Klassen gegen Klassen, sondern auch zur Selbstkritik von Klassen und Gesellschaften beizutragen. – Und damit bin ich schon bei einem weiteren, was Brauns Buch zu erörtern einlädt: um Anregung zu Selbstkritik und nicht *irgendwie* um Kritik handelt es sich bei ihm. Wir alle kennen, was Marx in der Einleitung der „Grundrisse“ über die Selbstkritik von Gesellschaften sagte – sie wird als eine besondere, nicht gleich zu habende Leistung bestimmter gesellschaftlicher Entwicklungsstufen begriffen, die dann auch erst geschichtliche Erkenntnis erlaubt. Aber wenn wir diese Einsicht in der Literatur zu diskutieren haben, geraten wir, glaube ich, in Schwierigkeiten. Spätestens bei Strittmatters „Wundertäter III“ oder bei Kants „Drittem Nagel“ hätten wir uns neu über die Fähigkeit der Literatur verständigen sollen, auf eine Selbstkritik fördernde Weise im größeren Prozeß zu wirken, und natürlich auch über die dabei auftretenden – wie nannte sie Anna Seghers einmal? – offenen Fragen. Daß die lautstarken Debatten von früher aufgehört haben, will mir nicht wie ein Verlust vorkommen – aber nur, wenn wir ein intensives gemeinsames Gespräch beginnen und nicht gegenüber den offenen Fragen in ein lautstarkes Schweigen verfallen. Der Zusammenhang zwischen dem neuen selbstkritischen Appell in unserer Literatur und der Neigung zu einer komödischen oder satirischen Prosa dürfte der Unterhaltung ein aktuelles Thema bieten – haben wir hier doch ein interessantes Zeugnis von jener literarischen Dynamik, die viele in der Gegenwart vermissen. Oder kann es uns gleichgültig sein, was die Genannten da tun – oder auch, in einigen ihrer Arbeiten (ich nenne keine Titel, die leicht hinzuzudenken sind, und füge ohne großes Besinnen und ohne zu werten nur einige Namen aneinander), die Wolf und Fühmann, Morgner und Köhler, Stade, Walther, Wolter, Klotsch und Königsdorf? Aber weshalb erzähle ich das einem, lieber Vorsitzender, der wie andere auch, das Verständnis für diese so frag-würdige literarische Anlage bereits zu wecken versucht hat? Wir sollten darin fortfahren! Mit diesem Vorschlag.

Dieter Schlenstedt

Nachtrag

Als dieser bedenkliche Text in Druck ging, lief der Verfasser in die Lottumstraße, ihr still die Meldung zu machen. Er fand sie verändert. Gerüste vor den Fassaden, Mörtelmischer. Es waren kaum vier Planjahre ins Land gegangen: und es tat sich was! Die Häuser wurden köstlich erneuert. Es hatte ihn ja, auch ihn, bei weitem nicht so betrübt, daß dieser oder jener seine Gedanken nicht drucken lassen darf, als daß viele tausend in der Welt nicht im Stande waren, *ihre Kartoffeln zu schmelzen etc.,* in feinen Häusern zu wohnen. Jetzt freute er sich für Lisa, und für ihre Männer. Die Übersetzer, die schon hinter den Litfaßsäulen warteten, würden seine Genugtuung in fremde Sprachen übertragen. Diese Straße, kaum daß sie beschrieben war, korrigierte sich; *so wie es ist* auf dem Papier, *bleibt es nicht.* O wollte man, rief er, alle unsere Bücher so Korrektur lesen, o großer Korrektor, mächtiger Korrektor! Und er bog um die Ecke, in eine unbeschriebene Gegend.